小嫣之第八號兒子

百季

大榮國有史以來最年輕萌樣的史官見習生，
後來成為有史以來「見習」最久的史官，
此生最大的願望是打敗上官傲。
技能：把史書寫得像個人傳記。

上官儆

自小喪父，又是家中獨子，
因此非常有責任感，雖不愛官場，
卻仍為了一圓母親心願成為副丞相，
只要下定決心的事，就絕對會做到。
技能：神速批閱奏摺。

楚家老二，大榮國將軍。腦子比石頭還僵硬，男兒本色並篤信正義，卻總拿瀅瀅沒辦法。

楚家老三，在外是呼風喚雨的幫派老大兼海上霸王，回到家卻總是被自家兄弟陷害。

楚家老大，楚府現任當家，大榮國丞相。足智多謀，家中就他長得跟父親楚瑜最為相像。

最喜歡

二子&丈夫

三子&丈夫

最喜歡

長子&丈夫

最喜歡

本書主角小媽。從六個兒子的娘親、成為六個丈夫的妻子，每日悠哉喝茶吃點心，大事不管小事不用管，榮登大榮國最「閒涼」妻子的寶座。
技能：吃點心&為人娘親。

最喜歡

么子&丈夫

最喜歡

五子&丈夫

四子&丈夫

最喜歡

楚家老么。一張可愛的臉騙死人不償命，開藥堂卻搞得比高利貸還有錢。武功只屈居楚軍之下。

楚家老五，大榮國國師。天生有異能，通古今知未來，能見人不能見之物，能聽見他人的心聲。

楚家老四，天才型藝術家。繡閣的服裝設計師，品味極佳，是花錦城最佳貴公子，身上總是透著薰香。

CONTENTS

溫馨提醒：

服用此作前，請先閱讀《小媽系列》說明書，全五集。

百季篇

史官情史

Beautiful stepmother
and
her six sons.

楔子

百家，為大縈國赫赫有名的史官世家，一門忠烈，高風亮節，家門教育出眾，不畏富貴強權，視金錢如糞土，以清白的名聲為傲。

家訓——不菸不酒不嫖不賭，男女亦同。

大縈國剛創立，百家的祖先「百清流」被欽點為史官，這十幾代過去了，百家出了上百位史官……除了史官，還是史官，除了專司記史，再也沒有別種人才。

也算是一種神秘的遺傳因子。

但百家絲毫不以為意，反而深以為榮，戰戰兢兢，無不勤謹。

時至今日，年過四十已育有五男的百夫人，在隔了整整十八年又懷孕了，這回生下來的孩子漂亮白淨，活生生一水娃娃，讓極度渴望有個掌上明珠的百老爺欣喜若狂，抱著孩子的布包狂搖一陣，最後決定取名「百若瑤」。

若瑤、若瑤，宛如瑤臺仙女的美貌，這是個多美妙的好名字——喜孜孜的百老爺把包著孩子的布包一掀，忽而全場靜默，小鳥啾啾叫響。

咳……這漂亮白淨的水娃兒，又是一帶把的！

百老爺灰心喪志，原先想好的名字不用了，改名「百季」。

季有什麼意思？

百老爺：「沒啥意思，就是隨口取的……」

於是，百家不幸的漂亮么子出生，取名「百季」。

而與百家比鄰而居的上官家，也是巧極了，同一天、同一時辰，上官家的年輕夫人生下了上官家的長子，三代單傳，就這麼一個兒子，全家歡天喜地，上官副將高興得不得了，成天抱著兒子串門子炫耀。

而這孩子本來應該叫「上官行風」，就因為他家爹爹像個老媽子一樣炫耀個沒完，時不時驕傲的說「我兒子肯定是人中龍鳳」、「我兒子天靈蓋有道靈光噴出」、「瞧瞧我兒子這樣，肯定是狀元之才」……

左鄰右舍都聽得煩了，特別是百老爺，一個心心念念的女兒忽然變個帶把的已經夠灰心喪志了，又聽得隔壁也生一兒子，氣更不打一處來。

於是，百老爺不悅的說：「你這麼對你兒子驕傲，乾脆你兒子改名叫上官傲好了。」

百老爺職業是啥?當官的。當官不打緊，還是個寫史的，他鐵筆錚錚的寫上去——

某年某月某日，大榮國中上官副將家生長子，名為上官傲。

自此，上官傲的名字拍板定案……

第一章

有句話說，不求同年同月同日生，但求同年同月同日死。

這句話套到百季身上，他會咬牙切齒的說：「不得已同年同月同日生，但求他比我更早幾十年死。」

百季口中的「他」，就是隔壁鄰居兼竹馬竹馬的上官傲。

本來呢，這兩個孩子年紀相近，又比鄰而居，一齊長大，應該感情不錯。

偏偏不幸的是，兩個都有才，就成了個瑜亮情結。

讓咱們細說從頭，這一說，就得從他們三歲時說起……

百家是書香世家，一位老夫子，教了百季前面五位哥哥，並且無一例外的全都把他們教育成優秀的……史官。

小百季一歲便能認字，兩歲已開始讀書，三歲老夫子開始授業，嘖嘖稱奇，說其子聰穎明慧，難得一見，得此英才而教，死而無憾。

小百季三歲已能把《詩經》、《大榮國史》倒背如流，且文意詳熟，字字精通，就連百老爺想考一考這個小兒子，還被自家兒子反將一軍，駁得無話可回。

那時可說是小百季人生最風光的時候，亦男亦女的粉嫩小臉，誰看到都想掐上一把，又因為百家夫婦老來得子，幼子又長得這般漂亮可愛，更是疼入心坎。

當百季和自家兄長的孩子們一字排開時……就連那些嫂子們也爭著抱他，把鐲子、玉環、金鎖片盡往他懷裡塞。

某天，小百季在院子裡背《說文解字》，小小年紀已有百家風範，雙手背後，走路方正，目不斜視，一襲青布袍子穿在身上，可愛臉蛋配上嚴肅表情，反差萌活生生迷暈一堆長輩。

「古者庖羲氏之王天下也，仰則觀象於天，俯則觀法於地，視鳥獸之文與地之宜，近取諸身，遠取諸物；於是始作《易》八卦，以垂憲象。及神農氏，結繩為治，而統其事。庶業其繁……庶業其繁……」

小百季想不起來，懊惱的皺起眉頭，揪著袍子石化在院子內，大有不想出來不罷休的態度。百家的人脾氣就是這麼硬，即使想不出來，也絕不翻書偷看，就是要磕破頭往死裡想，直到想出答案。

「庶業其繁……其繁……」

「飾偽萌生。黃帝史官倉頡，見鳥獸蹄迒之跡，知分理之可相別異也，初造書契。百工以乂，萬品以察，蓋取諸夬。」

「哦對！然後是……夬，揚於王庭，言文者，宣教明化於王者朝廷，君子所以施祿及下，居德則忌也……」

得到提示，小百季終於想出來，一臉美滋滋的笑。

他抬頭看去，石牆上趴著一男孩，不曉得在那裡看了多久。

男孩站了起來，明顯長得比小百季稍高，臉蛋曬成小麥色，一身黑色小武服。

小百季一臉疑惑問：「你是誰？」

「上官傲。你呢？」

「我叫做百季。」

「你就是百家最小的兒子嗎？」

上官傲一手撐著石牆，靈巧的翻越過來，走到小百季面前，細看半晌，兩道濃眉皺成一個懷疑的弧度。

「我聽說百家是史官世家，家中的人不只通曉史書，對於古文字解釋亦精通，但是你連小小的《說文解字》都背不出來，是不是太笨了？」

小百季眨眨眼，滿是不解。

「笨是什麼意思？」

小百季問這話倒是真心誠意的，因為自小他聽到的形容詞只有天資聰穎、天賦異稟、鳳毛麟角、不世之才，是以小百季從不知「笨」、「傻」、「蠢」是什麼意思。

「就是說你很傻。」

「傻是什麼意思？」

「……你是真蠢還是假蠢?但看起來不蠢啊!」

小百季沒有得到答案,手裡握著書,愣愣看著上官傲又翻牆回去。

隔天,小百季好學不倦追問老夫子,老夫子只當這孩子好學,樂呵呵的為他解釋一通。

那天,小百季的心中誕生了一個可惡的仇人。

＊＊＊

時光飛逝,來到兩人六歲那年,六歲的小百季已經長開了,從一小粉團變成粉雕玉琢的小男孩,臉蛋比女孩子還漂亮。

為了拓展小百季的眼界,百老爺幾經思量,決定除了家中的夫子以外,另外把百季送進大榮國知名大學士舒絕門下。

那天一早,百夫人早早起床,替心愛的么子洗漱,穿上一件翠竹色的袍子,把小百季襯得更是清爽可愛,光從寢室走到大門口,小百季簡直是眾星拱月,收到無數讚美。

於是小百季就這樣紮著一個小包髻,提著書袋歡歡喜喜上學去。

好巧不巧，他竟在學士府門口遇見同樣拜入舒絕門下的上官傲。

六歲的上官傲，已頗有少年老成之相，大模大樣的一皺眉頭，上下打量百季一番，道：「穿得和一根過熟的竹筍一樣。」

「……」

這句話毀了小百季第一天上學的好心情！

大學士舒絕是大榮國少見的鐵血教師，認為競爭才是一切進步的根本，於是事情無論大小，品德操性、學術成績、課外表現，全都能評分。

每個月，他都會把評分表大大的貼在學士府的牆上，供來往人群瞻仰。

第一天放學，小百季挽起袖口雙手交叉、雙腿叉開站在門口，不管來來往往的學生們，一指筆直的指向揹著書袋、低頭走出來的上官傲。

「我一定會贏你！」

上官傲看也不看他，逕直走過。

「無聊。」

「……」

小百季恨得牙癢癢，對著上官傲遠去的背影一陣咆哮。

「你，給我走著瞧！」

沒想到有人把小百季的脫序行為告訴百老爺，當天百老爺就罰小百季跪了一晚上的祖宗祠堂，小百季把這一切過錯都歸咎到上官傲身上，怒沖沖的在祖宗牌位面前發誓。

「祖宗在上，我百季，百家第二十六代子孫，將以上官傲為一生一世的死對頭，有他沒有我，有我沒有他！」

本來想偷偷送宵夜進去的百夫人在外面聽見了，不發一語返回房內，就寢前坐在床邊拿額頭撞床柱，撞得砰砰響。

百老爺回房見此景，只道：「夫人，再撞下去，那床柱要凹了。」

「老爺，你竟不關心妾身的額頭，反而先關心床柱？」

「……因為妳每每有什麼煩心事就拿頭撞床柱，這麼多年夫妻了，沒見妳額頭蹭破塊皮，床柱倒壞了很多根。剛成親時，別人還以為我夜夜笙歌，敗壞門風呢……」

百夫人橫百老爺一眼，忽然深深一嘆。

「老爺……你說咱家季兒……死心塌地的撲在一個男人身上，這年紀他合該是找個小姑娘，來個兩小無猜，怎就一心找上隔壁的兒子呢？」

百老爺等不到夫人來替自己脫外衣，只得自己脫掉。

「夫人，妳就是愛操心這些芝麻小事。就我看來，有競爭才有成長，咱家的季兒很優秀，我瞧著上官傲那孩子也天資過人，兩人良性競爭不是壞事。」

「是嗎……但我總覺得不對勁……」

自然，這些話，已經在祖宗牌位前睡得香甜的小百季全然不知道。

舒絕上的第一堂詩作課，小百季七步成詩，大出風頭，在眾生之間蔚為奇談，舒絕大嘆孺子可教也。但事情還沒完，隔天上官傲以一首《大江定》長令博得舒絕的微笑，讚其是百年無一的人才。

人人都道百季好，但道上官傲更好。

小百季不曾受過如此屈辱，更是發憤圖強。上官傲讀書，他也讀；上官傲作詩，他也作；上官傲睡了，他不睡，挑燈夜戰。

兩人的書房就隔著一道牆，能看見隔壁的燈火，每次小百季看到對面的燈火先行熄滅，心中就油然生出一股勝利感。

但這種自欺欺人的勝利是沒用的。

學士府外貼出的榜單，第一名從沒換過——是上官傲。第二名也從來沒換過，就是永遠贏不過上官傲的百季。

百季最覺得氣憤的是，他每次都放話挑戰，每次上官傲都不當一回事，但也每次都贏！

十歲那年的冬季期末科考，百季終於一雪前恥，追過上官傲，成了第一。但十歲的百季站在榜單面前，表情卻是前所未有的倔強——

因為就在科考前兩天，上官傲的父親染病去世。

那天晚上大雪紛飛，百季掙扎著用不俐落的身手提著一小盅爬過石牆，拿一柄掃帚捅開上官傲的窗戶。上官傲的房內暗沉沉的，主人似乎已經睡下。百季卻直接跳上床，兩個巴掌硬把人打起來。

「起來，上官傲，給我起來！」

平時從不理他的上官傲罕見的動怒了。

「你到底想幹嘛？」

「跟我一決勝負！」

「你已經贏了，不是嗎？」

百季聞言，氣得渾身發抖，瘦瘦的胳膊在空中劃過一抹弧度，一把揪起上官傲的領子。

「上官傲，你以為我是這麼卑鄙的人嗎？」

「……」

「你以為我贏了這樣的你會開心嗎？我會覺得自己贏了嗎？」

「……你到底想怎麼樣？」

「我要堂堂正正的贏。拿出全力來，跟我一決勝負。」

「這就是我的全力。」

「胡說八道！我知道的上官傲，才不是你這個死樣子，你應該要態度囂張到讓人想殺人埋屍才對。」

百季說著，嘟嘟囔囔把上官傲拖下床。

「你想幹嘛？」

「來喝湯。」

「……你大半夜爬牆過來叫我喝湯？」

「這是我娘煲給我的補湯，她怕我平時熬夜傷身，這湯對身體很好，分你三口。」

「我習慣過午不食。」上官傲道，推開百季的手，又回到床上，面朝內躺著。

百季卻不依不撓，一路跟上。

「不行，你最近臉色很糟，一定要喝。」

「我說我不喝！」上官傲惱了，伸手一撥，小瓷盅掉到地上，滿室藥膳香氣。

百季也愣住了，沉默半晌，氣呼呼的扭頭就走。

「不識好人心！我再也不管你了！」

我再也不管你了——這句話成為百季一生說得最多的謊話。

因為隔天他又翻牆來了，上官傲把窗子鎖住不讓他進，他拿石塊砸爛了窗子大大方方進去；門上有鎖，他帶把槌子直接捶掉；最激烈的一次，他竟在院中放了一把火，製造火災硬把上官傲趕出來。

最後上官傲妥協了，因為不與百季妥協，也許下次燒掉的就是自己的小命。

他最終喝起了百季帶來的補湯。

但是百季永遠惦記著不讓他喝太多。

「三口，就三口，其他的全是我的，啊啊！你剛剛那口喝大了，算三口半，你多喝半口，明天要少喝半口！」百季嚷著，把瓷盅搶回去，一臉心疼的盯著盅裡的湯。

上官傲抹抹嘴，語氣平淡的道：「既然這麼不想給我喝，幹嘛還拿來？」

百季捧著瓷盅，態度凜然：「那還用說，因為我要堂堂正正的贏你。」

上官傲沉默半晌，又問：「……為什麼這麼想贏我？」

「因為你是我遇上第一個贏不了的人。」

「那如果你堂堂正正贏了我呢？」

「當然是去找下一個我贏不了的人，人生永遠要有挑戰。」百季握緊雙拳，眼神閃亮。

「那你也照樣會翻牆送湯給他喝？」

百季支著頭思索半晌，「如果他也像你一樣，一臉病懨懨的，應該我也會這麼做吧！因為我想堂堂正正的贏過他。」

上官傲聞言，唇角一斂，眼神黯了下來。

「憑你這點本事，要贏我，差得遠了。」

百季聞言，暴跳如雷。

「在對我下戰帖是吧？好啊！我接受，咱們倆就來比！」

但是從那天之後，百季的人生開始走下坡，無論什麼都輸。不只學士府的成績，舉凡他參加的所有活動競賽，一定都有上官傲的身影，不管他的成績多麼好，上官傲的名字一定刺眼的掛在他前方。

上官傲的名字越來越盛，兩家又比鄰而居，眾人漸漸遺忘百家有個出眾的小兒子，只記得百家有個漂亮的兒子……

＊　＊　＊

這種情況，一直持續到十六歲那年，兩人一齊考官試。

這回百季可得意了——

他通過史官考試，以第一名的成績成為史官見習生。

而上官傲呢？卻被楚家的大公子楚明一壓，硬生生落了個第二。

他樂呵呵的看著這個男人吃癟，每天的樂趣就是看上官傲輸給楚家大公子，自己卻全然沒想過，把一男人當成人生目標，一心撲在對方身上的感情有多異常。

然後十年過去，上官傲一路爬，從官試第二名，做了一個副諭令史、副臺辦史、副文書令……林林總總十幾個官職過去，他的官是越當越大，最後爬到了兩人之下、萬人之上，成了堂堂副丞相。

而百季呢？

過了這十年，還是一史官……見習生……

第二章

這是百季成為史官見習生的第十一個年頭，他也堂堂邁入二十七大關。

春夏交接，正是一年一度的史官拔擢——

「您倒是說說，為什麼今年又沒有我？」

百季一把將榜單怒摔在桌上，正忙著喝茶的史官長抖一抖，茶都撒出半杯。

他放下茶杯，嘛一嘛香腸嘴，無奈看向氣沖沖的百季，解釋：「這是眾位資深史官評判做出的決定，也不是本官可以左右的，你來詢問本官，本官也不能回答你。」

百季怒極，傾身一拍桌，「史官長也是評審之一，那總可以說說，為什麼沒選上我？這次我上的萬言史書，可謂究天人之際，通古今之變，是絕無僅有的曠世巨作，能在史書界中名留青史，您說說，為什麼沒選上？」

史官長抹抹汗，表情無奈，「你寫的史書是不錯，但有一個地方就是不好。」

「哪裡不好？我可是每一個字都細細檢視過，增一字多、減一字少，完美到不能再完美。」

「……你這部《大榮王宮花貓小凡奮鬥史》確實不錯，把小凡從一隻流浪貓到晉升為太后新寵的過程寫得鉅細靡遺。」

「那．為．什．麼．沒．選．我？」

「但你太頻繁在裡面出現了！小凡的恩人是你、媒人是你、介紹人是你，你這根本是身兼裁判與球員！史官規章上，開宗明義第一條──身為史官，必須隨時隨地都像個影子，忠實的記錄歷史。你這分明是進到歷史裡去了！」史官長道，從一旁的架上抽出卷宗攤開。

「你瞧，整整一萬五千字，裡面談及自己的篇幅就超過一萬二，總體不離自己怎樣怎樣好，看完這一部作品，所有的評審連你太爺爺的姓名都倒背如流！」

百季不服，氣呼呼的頂回去：「史官長大人，現在是什麼時代了，我認為史官不該像以前一樣做無聲的影子，也應該走出來讓人民知道我們的存在，這就是所謂的革新！」

「就算這樣，也不該讓人民知道你幾年幾月幾日出生、家中有兄弟姐妹幾人。你看看這段，明明是寫小凡很可憐，你卻由此聯想到自己養過的小金魚，還替死掉的小金魚寫了一首祭弔文？」史官長說到這裡，大抵也有點惱火，指著那段道：「你自己唸唸，這是什麼狗屁不通？」

百季接過來，泰然自若的唸——

「啊啊～小金魚死了，我悲愁的心思，也跟著西風一起去了遠方，樹上的梅花正燦燦開放，你卻已經失去生命，猶記得當初，你我共剪西窗燭的時光，啊啊～多麼美好，生命永遠是短暫而苦悶的，說好要一起待在這座監牢內，你為什麼先我而去……」

（為避免各位看官睡著，在此省略以下三千六百八十三字……）

總之，當百季唸完時，史官長已呈昏睡狀。

「史官長！」

「啊？什麼，怎麼回事？」

百季一聲雷霆怒吼，把史官長嚇得彈起來，慌忙擦去嘴角口水，見到百季一臉怒容，慌忙擺出一臉正經八百。

「總之，史書中也不可以隨意置入個人詩詞創作，你犯了大忌。再者，這部作品也寫得不怎麼樣……」

百季聞言，挑一挑眉，把手指指到《哀鳴小金魚祭弔文》的落款上，上面寫著：大榮楚家楚瀅瀅，真情推薦。

史官長：「……」

史官長忽而一抬頭，斂眉肅容道：「既然有楚夫人親筆書寫推薦，肯定錯不了，但這問題出就出在史官不得隨意置入個人詩詞創作。」

百季：「……」

史官長咳了一聲，掩飾泛紅的臉頰，「總之，事已成定局，明年繼續努力吧！百季。」

史官長房裡有半刻沉默，末了百季紅著眼踢開門，外頭已經聚集大批閒閒沒事來偷聽的史官們，見百季出來，連忙七嘴八舌的上前勸慰。

「小季，不要難過，下次還有機會。」

「大抵這種東西還是需要考運的，說不定下次運氣就來了。」

「你不是最愛吃熟雞蛋嗎？為兄留了兩顆給你，過來一起吃。」

百季粉白的小臉上梨花帶雨，大怒道：「都給我滾開！」

人群不敢有違，迅速分開一條康莊大道，百季倏地飛奔而去，不見蹤影。

眾史官們一臉憐惜的看著百季的背影消失在視野裡，轉回來面對史官長時，各個面如修羅，殺氣騰騰。

「史官長大人，您這樣太不近人情了。」

「竟然把我們的小季惹哭了，要知道，他可是這只有男人的史官所裡唯一的心靈綠洲！」

「……受死吧！」

史官長根本沒把眾人的憤怒看在眼裡，端起涼透的茶杯，瞄了一眼，問：「你們這麼義憤填膺的，是想替百季出頭嗎？」

「這是當然！小季是我們所有人的寶物！」

「不，是神！如果他不是男的，我一定娶他！」

眾史官們議論紛紛，七嘴八舌，大表其心意。

史官長又問：「哦？那你們現在說的話，本官也能轉告給上官副丞相聽囉？」

眾史官：「……」

史官長冷哼一聲：「嗯哼，知道人家後臺惹不起，就不要想學英雄救美，還不趕緊回自己的工作崗位去？」

三二一，眾史官作鳥獸散。

史官長瞇眼捧著茶杯看窗外天空。

「啊～好個悠閒的早晨～」

百季奔到王宮後院的榆樹下，蹲在那裡流下悲憤的男兒淚。

「太不公平了，這世界總是對有才華的人不友善！」他抹著淚，一邊喃喃抱怨。

驀地一方藏青錦帕遞到他身旁。

「謝謝！」

他順手拿來擦，下一刻又警覺起來，看向來人——

「上官傲！你來幹嘛？」

身穿朝服，青絲束髮，眉眼深刻，神色矜淡蹲在他身邊的男子，正是與他同歲、住在隔壁家、如今卻已高升為副丞相的上官家獨子上官傲。

「來找你。」

百季怒沖沖，把錦帕扔回上官傲手裡，「……你是來看我笑話的嗎？」

「沒有。」上官傲道，一邊把百季扔回他手中皺皺的錦帕撫平摺好，摺得宛如豆腐干才收進袖中。

「哼！你一定是來笑話我的！沒關係，天將降大任於斯人也，必將苦其心志，我就是太有才華，才會如此時運不濟。告訴你，你少得意了！」

「我沒有打算笑話你，你為了寫這部新作，熬夜熬了很多天，努力的人向來都值得尊重。」上官傲一撩袍，把百季拉起來，神色異常柔和。

「走吧～去吃飯。」

「哼！誰要和敵人吃飯！」百季抽回手，把頭用力撇一邊。

上官傲一揚眉，問：「有百夫人煲的湯，你不喝嗎？」

「我娘煲的當然喝……等等，你怎麼會有我娘煲的湯？」

「今早你急匆匆的出門查榜，連早飯也沒吃，百夫人就準備了一個食盒，託我上朝時一起帶來給你。」

「……娘為什麼總搞不懂你是我的敵人，老託你帶東西來……」百季咬牙切齒，甚是不爽。

上官傲拉著自言自語的百季往前走，嘴角微揚，「遲早都是一家人，提早習慣也好。」

「啊？上官傲，你說什麼？」

「我說湯要冷了。」

「什麼？那多糟糕，還不快走！」

一刻鐘後，百季坐在上官傲專用的副丞相辦公所內稀里呼嚕的喝湯，踩在別人地盤上，還一邊大放厥詞。

「不是本官要說，上官傲，雖然說你是副丞相吧！但也就只有一個人，你一個人，辦公的地方這麼大，而我們史官所上百人，卻統統要擠在你偏廳大的地方辦公，實在太浪費國家公帑！」

百季說到這裡，恍然大悟，「我這一段說得真好，應該快點寫起來，紙筆呢？哦哦……有了，大榮國副丞相上官傲行事奢靡，乃國家的敗類，社會的蛀蟲，尸位素餐，浪費國家資源！」

上官傲只瞄了一眼百季幼稚的舉動，又低頭繼續批閱公文，不過向來四平八穩的臉上，微有笑意。

百季扭頭過來看見了，眉一挑，又往紙上添了幾筆。

「上官傲副丞相批閱公文，露出深沉微笑，顯示此人如狼似虎，非奸即盜的心理素質，端看這樣，便可知他心中定轉著卑鄙無恥的念頭……」

上官傲聞言，臉上的笑痕又更深些。

而過了很久以後，百季才明白，上官傲當時心裡想的事，是多麼的「卑鄙無恥」……

＊　＊　＊

百季懷著沉重的心情回家，進了門不敢走大堂，逕自往左轉，準備前往祖宗祠堂罰跪。

不想他才剛轉個方向，百家老爺就張著雙臂從大堂內一路奔出來，臉上欣喜若狂。

「季兒啊～你終於回來了，爹可等著你呢！」

本以為會挨一頓責罵的百季嚇一跳，一不留神，就讓百老爺拉著往大堂走。

「爹，我……」

年過半百，頭髮花白的百老爺樂到整張老臉皺成一朵菊花，「鳳仙太后派了宮吏來，說要親自為你指婚，這可是無上榮耀。」

「等等……鳳仙太后要為我指婚？」百季睜大眼，雙腳停住，拚命抵抗百老爺的拖行。

鳳仙太后的惡劣性格是舉國聞名，讓她指婚——肯定沒好事！

但每天早起打太極，老當益壯的百老爺根本不把百季的抵抗看在眼裡，一用力，笑咪咪的繼續拖行，邊說：「當然，被太后賜婚，這可是再好不過的榮耀。鳳仙太后從以前到現在，也就賜過一次婚。」

「……那次就是讓楚家夫人再嫁，還嫁給前夫的兒子，一次嫁六個！」

「唉～那等細微末節的小事別在意，重點是，這會兒太后也看得起咱們百家了，二十五代以來都不曾被賜婚，這次可是大大的喜事，要殺豬謝神啊！」

百季糊裡糊塗被百老爺拖行到大堂裡，藍衣藍帽的宮廷快吏已經在裡面，一見百季就笑開懷，拱手行禮。

「恭喜百大人，賀喜百大人，太后賜婚，可是殊榮啊！」

百季看看樂不可支的自家爹親，又看看賀喜的宮吏。他很困惑，很猶豫的問：「太后……指了哪家的閨女給我？」

宮吏呵呵笑著，朝百季擺一擺手，很肯定的說：「哪兒的話，太后有旨，您不是『娶』人進來，是『嫁』出去！」

百季吸氣，再吸氣，指著自己的鼻尖，不可置信。

「我去……嫁人？太后要我入贅別人家嗎？」

宮吏聞言，忙斂下笑容解釋：「不是入贅，是『嫁』，就是『嫁』！」

這一番解釋，讓百季更是霧裡看花，莫名其妙。

「那……把我指給哪家？」

「呵呵，正是您家隔壁的上官家，這一牆之隔，回娘家也方便是吧？就算成親，也完全不用擔心適應不良。」

百季：「……隔壁上官家，不是只有上官傲一個獨子嗎？」

宮吏：「您說得沒錯，所以太后指婚的對象，就是上官傲副丞相，這可是多少高官貴族求都求不得的高親吶！小的恭喜您了！」

百季沉默三秒，瞬間爆發，一個虎撲上去死死揪住宮吏的領子，怒吼道：「你踏馬的敢再說一次看看！我百季可是一純爺兒們，你讓我和一個帶把的成親，還讓我『嫁』他，你踏馬的再說一次啊啊啊！」

那宮吏翻白眼，出氣多入氣少，「這……不是……小的……是……太后……」
百老爺看見這一幕，在旁邊氣得跳腳，罵道：「孽子、孽子！快把宮吏大人放下，我百家世代溫良，何曾出過如此粗暴無禮之徒，竟對宮裡來的宮吏大人如此無禮！」
可是氣瘋的百季完全聽不進去，殺紅了眼。
「要我和上官傲那混蛋在一起，我寧可去死！」
宮吏兩眼翻白，垂死邊緣，百老爺見此，更是心急如火燎，最後終於忍無可忍——
「孽子！還不給我住手！」
一記老當益壯的手刀往百季後頸劈去，百季霎時眼前一黑，軟倒在地。
史官考試沒過，又被逼著嫁給上官傲——百季想，這一定是夢，是最最可怕的惡夢！

＊　＊　＊

「啊！嚇死我了。」
百季渾身冷汗涔涔，捏著被褥一骨碌從床上坐起來。抬頭一看，窗外亮晃晃的日光，百花盛開，鳥語花香，忙不迭舒了一口氣。
「果然是夢，真是……差點沒嚇死我，竟然會夢到太后下旨叫我和那個討人厭的上官傲擇日完婚，啊~太可怕太可怕，該去市集上吃碗麵線去去霉氣。」
百季一抹臉上的汗，臉上綻出笑意，跳下床扯起嗓子就喊貼身僕童：「六九，快點過來替我更衣，少爺帶你到市集上去吃王老頭的豬腳麵線。」
喊了半天，沒人應答，百季狐疑的走到門口扯直嗓門又喊幾聲。
但，庭院內也空無一人。
「怪了，人都去哪了？想帶人去吃豬腳麵線也找不到人。」
百季無奈，只得自立自強，更衣洗漱一番後往大廳前進，可走沒幾步他就皺起眉頭。
百府內張燈結綵，紅字處處張貼，布置得十分熱鬧。
——怪了，誰要成親？沒聽過啊？
百季想著，同時加快腳步來到大廳。
「爹、娘，孩兒來給你們請安……咦？楚夫人，怎麼是妳？」
大廳中空盪盪，不見百老爺和百夫人，只有一女子端坐在主位上，貓兒媚的眼眨啊眨，青縞衣衫，環珮在腰間束出不盈一握的細腰，髮上綴著紫牡丹，一顆貓眼夜明珠垂掛到額前。

她正是「前」楚老夫人，「現任」楚大夫人、楚二夫人、楚三夫人、楚四夫人、楚五夫人、還有楚六夫人的楚瀅瀅。

半年前，楚夫人從一後娘，一躍成為所有花錦城中讓閨女夢碎的對象。

娘親變娘子，還一女嫁多夫，可謂是女人中的女人，傳奇中的傳奇！有她做先例，花錦城內的閨女們竟都開始考慮領養十個八個優秀好看的孩子，養個幾年以後再升格為丈夫。

楚瀅瀅在大榮國，乃至於鄰近諸國被傳得神乎其神。

有著可比狐狸精的禍水美貌，死了丈夫之後，不但一手撐起龐大的家產，教育六個優秀的兒子——雖然都不是親生的——後來甚至帶著眾兒勇闖北蒼國，為大榮國奪回了一紙百年和約。

這樣傳奇的女人，實際上的樣子……

「啊！小季，我送紅蛋來給你了，沒想到百府在忙，都看不到人。」

狐媚嬌豔的傳奇女子，眨巴著無辜的眼指著一旁几上的籃子。

「紅蛋？」

「對啊！楚府內要有小寶寶了，所以我來送大家紅蛋！」

「什麼?有了嗎?誰的?」

百季大吃一驚,總共有六位相公,那楚夫人懷的是哪位楚公子的?

瀅瀅笑開來,嬌豔如春花。

「莫名的。」

「原來是莫名的……欸?等等,莫名不是楚府的大夫嗎?」

百季點頭,但立刻察覺不對勁——楚夫人什麼時候又多了一位丈夫?

瀅瀅眨眨眼,一臉不解。

「對啊!這跟莫名是大夫有什麼關係,難道大夫不能有小寶寶嗎?」

「不是這個問題……妳都有六個丈夫了,還嫌不夠,連自家的大夫都……」百季吃驚過度,張口結舌,手指抖啊抖的。

某夫人歪歪頭,一臉困惑的盯著百季,「小季你這邏輯很奇怪哦!有六個丈夫我覺得很夠沒錯,但大夫也是必要的吧!否則有人生病了怎麼辦?」

「……」百季迅速從腰間的筆袋抽出紙筆來,站著直接振筆疾書,嘴裡唸唸有詞。

「大榮國楚府夫人楚瀅瀅,有了六位丈夫還不夠,竟連自家府中的大夫都染指,一人七夫,我史官小季，本名百季，身為史家第二十六代子孫，不能輕易放過這等大事，必定寫入史中，永續流傳……夫人，妳的手指擋到我寫字了。」

「本夫人是想提醒你。」楚瀅瀅手一指，認真道：「這邊寫錯了。小季你不是史官，是史官見習生。」

這句話活生生戳到百季的死穴，只見他青筋爆出，壯志飢餐胡虜肉，笑談渴飲匈奴血，大有把人生吞活剝的態勢。

「真是多……謝楚夫人的指點。」

感受不到殺意的某狐狸精微笑回應：「不客氣，記得要吃小春桃和莫名孩子的紅蛋。」

正準備重寫一份大張撻伐的百季霍地抬起頭來。

「……咦？夫人妳剛剛說什麼？」

「記得吃紅蛋。」

「在前面那一句。」

「小季你不是史官，是史官見習生。」

「……妳是在耍我嗎？」

貓兒眼眨啊眨，滿是困惑的問：「本夫人為什麼要耍你？」

「……算了，我自己說！」

「既然你早知道的話，你自己說就好，幹嘛問我？」

「……」百季咬牙，不理她的話。

重新整理好情緒，百季問：「所以說，這是莫名和春桃的孩子？」

春桃，是楚夫人身邊的貼身侍女。

「要不然是誰的孩子？」她反問。

百季無言以對，五體投地，「我輸了。」

誰要跟這楚夫人認真計較起來，包准會吐血而死。王宮總管就是因為太計較，已經病了，躺在床上十天半個月起不來。

「那本夫人先走了，還得給別家送紅蛋去。」瀅瀅道，起身就往外走。

小季看著一籃染紅的雞蛋，搖頭嘆息：「話說……這紅蛋應該是孩子滿月才送，現在不是都還沒生嗎？」

瀅瀅走到門口，忽然想到什麼，去而復返。

「啊！對了，小季，恭喜你要成親了。」

「什麼？誰要成親？」

「你啊！恭喜！我都不知道，剛剛走到門口才被通知，結果什麼都沒準備就來了，也沒帶點禮物給你。」瀅瀅嘟嘟囔囔著，在手上搜尋一番，摸出一枚白玉鐲子，掏出一包金豆子，最後想了想，連額頭上那顆貓眼夜明珠都扯下來，一把塞進百季手中。

「這點就當本夫人的心意吧！別客氣，本夫人也算看著你長大的，既然你要成親，總該有點嫁妝……」

百季的手碰到那顆夜明珠，這才如夢初醒，大退兩步，驚恐不已。

「等等！我什麼時候要成親了，怎麼不知道？」

「門口侍衛說鳳仙太后今早下旨，要你和上官傲副丞相早日完婚，你們倆夫唱夫隨，你跟他到南方去處理水患之事。」

聽到上官傲的名字，百季當場就炸了。

「握曹！我是一純種大老爺，要也是娶媳婦，為什麼要去嫁男人？」

百季這時總算完全醒了，原來那不是夢——

他才昏迷沒多久，整個百府竟然已經高效率的全布置好了？

「該死！」百季低咒一聲，跨步就奔出去。

「咦？小季你要去哪兒？你不拿嫁妝嗎？雖然這樣不多，但總歸是本夫人的心意啊！」不知內情的瀅瀅，用裙襬兜著珠寶在後面追著他跑，氣喘吁吁，香汗淋漓。

「嫁妝妳個頭！我是一純種大老爺，才不跟一帶把的成親！」

百季回頭怒吼，把瀅瀅嚇了一跳。

「小季，你想要本夫人的頭當嫁妝？不好吧！人頭感覺很恐怖，而且血肉模糊的，還有本夫人怕痛……我們商量商量換一個好嗎？小季！」

百季翻翻白眼，決定不理她，撒腿跑了。

後面的人氣喘吁吁，很堅持的維護長輩名譽，提著裙子追了。

書房內，百老爺和百夫人正一邊喝茶，還一派和樂的討論三日後的婚禮事宜。

「那麼關於迎親隊伍來時的布置就這樣……」

門卻無預警的被猛力撞開，百老爺和百夫人嚇得震了一震，茶杯的茶都晃出半杯。

「爹、娘，我寧可娶豬娶狗，也不要嫁一個男人！」百季怒吼。

百夫人和百老爺迅速交換一眼。

百老爺道：「咳咳！但你也知道，咱們家世代溫良敦厚，絕不違逆王族旨意，既然鳳仙太后這麼下旨了，為父的也愛莫能助……」

「我們百家雖然溫良敦厚，但也不能讓太后這樣是非不分，殘害忠……等等，爹，你喝的是什麼茶？」百季往空中一嗅，察覺事情不對勁。

百老爺一聽就緊張了，慌張的乾笑，把手裡的茶杯護好。

「茶？就是茶，普通茶，你也知道爹就喝那幾種……」

百季沉著一張臉，大步往前，伸手從百老爺懷中把茶杯奪了來，嗅一嗅，又抿了一口，當即色變。

「毛山雪松？這不是宮裡的御茶嗎？我記得今年國君就賞賜了兩斤，一斤給了楚大丞相，一斤給了上官傲。」

他看著努力想把自己縮小變不見的雙親，最後幾個字簡直就是從齒縫迸出來的。

「爹……這茶哪來的？」

百老爺拿人手短，眼神飄啊飄，就是不敢看自己的兒子。

「有人……有人送的。」

「誰？」

「就是那個啊……」

「哪個？」

「那個……那個夫人妳來說吧？」

百夫人一聽驚慌莫名，忙擺一擺手，「啊？老爺這我不知道，茶是你收的，我只收了那把焦尾琴。」

百季眼一瞇，「焦尾琴？傳奇琴師叔牙的名琴？我們世代清白，兩袖清風，俸祿只夠度日，怎麼買得起那種名琴？」

百夫人眼神也跟著飄啊飄，絞扭手指，聲音小小的：「就……有人……有人送的……」

「誰？」百季怒問！

「就是那個啊……」

「哪個？」

「那個……跟老爺一樣的那個……」

百季的臉由白轉紅，再轉白，最後泛出鐵青，猛地把茶杯往地上一砸，百老爺見此，痛心的啊了一聲。

「那個混蛋！」

百季仰天長嘯，轉頭衝了出去，經過門邊時還抄走了正在掃地的小僕人的掃帚。

他風風火火的衝了出去，某狐狸精這才提著裙子姍姍來遲。

「小季你要去哪兒啊?呼呼……好累哦~本夫人跑不動了……咦?百老爺、百夫人，你們怎麼都蹲在地上?」

百季揣著一根掃帚，以人擋殺人、佛擋殺佛的氣勢衝進上官家。僕人和侍衛在後面追了一串，但礙於兩家是鄰居，現在又有婚約，沒人敢真的阻攔。

「給我出來!上官傲，你這個王八蛋!」

百季站在大堂，雙手扠腰，雙眼圓睜的怒吼，此情此景正好和門上雕著的明王像有幾分相似。

上官傲從內堂走出，一身未褪的朝服，眉頭皺起。

「要吵鬧到別的地方去。」

百季一看，恨得牙癢癢，立刻揚著掃帚追打起來。上官傲眼明手快，往旁邊挪了兩步，輕鬆閃開。百季見一擊不成，更氣急敗壞的追打。

「你給我站住，不要躲！」

「傻瓜才不躲吧？」

「我……呼呼……你，死定了！」

百季粉白的臉因為激烈運動而酡紅，上官傲盯著，面無表情的評論：「我死之前你應該就先喘死了。」

百季聞言，像是被踩了尾巴的貓，火上澆油。

「你死之前我才不死！我要比你氣長，要比你活得久……呼呼……別跑……我要在你的墳前扠腰大笑。」

「看你這體能，想活得比我久恐怕有困難。」

「……混蛋，咒我？你死一百次，死一千次，死一萬次……我現在就宰了你！」

他喊著，連聲追打，上官傲滿屋子移動，他也滿屋子追打。外頭幾個僕人聽見動靜，湊在窗前一探究竟，全被上官傲用眼神打發了走。

五分鐘後——

「呼呼，好累，累死我了……」百季跑不動了，拄著掃帚站在原地直喘氣，嘴裡還是不依不撓：「你等著，等大爺休息夠了就來收拾你……」

「哦？那喝茶嗎？」

打人的氣喘吁吁，被打的一派優閒，還朝他揚了揚茶壺。

百季氣沖沖的把頭一撇，「不喝！渴死也不喝。」

「喔。」上官傲態度也很淡定，自斟自飲起來，看得百季直吞口水。

「找我什麼事？」上官傲問。

百季被提醒，這才想起自己跑來這裡的目的，一把掃帚柄指到上官傲面前。

「你這居心不良的傢伙，為什麼要送東西給我爹娘？」

「那是聘禮。」

「噗——」百季一口血差點沒嘔出來。

「聘禮？你踏馬的聘禮！為什麼要送？」

「因為太后下旨要我們完婚。」上官傲攤攤手，表示自己也是一受害者。

「那好，上官傲，你馬上去請求太后，說你要退婚！」

上官傲一揚眉頭，態度淡定，不疾不徐道：「為什麼要我去？」

「因為這樣太后生起氣來也是罰你，跟我無關。」百季回答得理直氣壯，全然不臉紅。

「這種損人不利己的事，我沒有傻到去做。鳳仙太后的個性我們都很清楚，那把擺在鳳座旁邊的寶劍可不是裝飾品。」

言下之意：不去！

百季聽懂了，暴跳如雷。

「你真想娶一個男人？腦子有洞嗎？」

上官傲嘆息，一臉無可奈何。

「既然每個人都叫我娶，我只得聽從。」

那語氣委屈得，把百季激到理智全失。

「既然這麼委屈，你幹嘛娶？別娶啊！誰叫你娶了？混蛋！」

上官傲秒答：「每個人，你爹你娘、你爺爺你奶奶、你祖爺爺祖奶奶。」

百季聽得一肚子火，忿忿然道：「我祖爺爺祖奶奶都住在祖宗牌位裡了，怎麼他們還能向你逼婚？」

「要不你去問？」

百季當然不信，一口氣奔回家，把家裡上下全問遍了，上至爺爺奶奶下至廚房小僕人，竟都異口同聲贊成上官傲和他的婚事。

慢悠悠抵達的上官傲拋給他一個「你看吧！我多可憐」的小眼神，當即就讓百季抓著直奔祖宗祠堂。

「我現在就抽籤問祖奶奶祖爺爺！連抽十次，如果每次都抽中贊成，我就相信！」他憤然抱著祖宗牌位前的籤筒發誓。

結果，從第一支抽到第十支……全部都是一面倒的贊成。

上官傲聳聳肩，一臉無奈。

百季癱軟在地，一臉不可置信的絕望。

* * *

百季發現自己四面楚歌——

他爹、他娘、他爺爺、他奶奶、他祖爺爺、他祖奶奶，甚至他認為絕對不會允許的上官夫人，不知為何全都一力贊成。

想那上官傲可是上官家的獨子，上官夫人竟不反對他娶個男人當媳婦，還笑得春暖花開的，百季渾身掠過一寒顫，蹲在水池邊垂頭喪氣。

「小季，你怎麼了？」

百季看著眼前絕豔的面孔，深深一嘆。全家都忙著籌備婚事，這會兒有心情理他的，只有那個昨日送紅蛋，今日又上門嗑瓜子，以「閒涼」之名獨步天下的楚家夫人楚瀅瀅。

「妳不要管我……」他嘆息，揮揮手，「我正在思考跳崖還是跳河好。」

瀅瀅眨了眨眼，一攏赤金紅裙，半點都不介意的直接坐在百季身邊，一派長輩模樣開導起來：「你不要這麼悲觀，小季，我聽說很多人成親前都會胡思亂想，這叫婚前憂鬱症。」

「……絕對不是！」

「沒關係，本夫人嫁過兩次，對這種情況熟得很，我教你……」

「不需要妳教！」

百季悲憤莫名，甩開瀅瀅，小跑步奔到水池的柳樹旁，抬頭瞪著僅有一牆之隔的上官家。

回想十歲那年，上官傲出門，能招得眾多閨女丟手絹，已經有為數不少的隱形女粉絲。

而他呢？卻成為小倌館的狩獵目標，而且每個跟他告白的都是男人。迫使自家爹爹下了禁足令，把他像個閨女一樣關在家裡。

每天看著那上官傲瀟灑出門，他心裡氣得牙癢癢。他發下毒誓，這輩子定要娶個比上官傲好一百倍的媳婦，要嬌滴滴，要羞怯怯，要才高八斗，要傾國傾城，要事事以夫君為重。

他要證明給上官傲看，他也是一純種爺兒們！

結果現在呢？

百季想著，一手扶著柳樹，兩行熱淚就這麼滾滾下來了。

這把尾隨過來的瀅瀅看得慌了手腳。

「別哭啊你這孩子，成親又不是什麼壞事，怎麼哭成這樣呢？」瀅瀅七手八腳拿著手絹給百季拭淚，一臉心疼，又哄又勸，「本夫人我是最見不得孩子哭了，不哭不哭。」

男兒有淚不輕彈，這句話驀地閃現百季腦海中，他迅速止住淚水，猛力一吸，把眼淚鼻涕都吸回去。

瀅瀅看得目瞪口呆。

百季嘴硬道：「我才沒哭，是剛剛眼裡進沙子了。」為表真實，他還猛力揉了揉眼，直把眼揉得一片通紅。

「反正不管別人說什麼，我絕對不可能嫁給一個男人。」他握拳，信誓旦旦。

瀅瀅想起鳳仙太后的威勢，不由得抖了一抖，小聲問：「那你打算怎麼做？」

「逃婚！」思前想後，只有這個方法可循。

沒錯！他．要．逃．婚！

＊　＊　＊

夜晚，大榮國，鳳仙太后的鳳仙宮中，一場秘密對談正進行著。

「他真的這麼說？」

「真的，小季說要逃婚呢……」

這天下除了鳳仙太后，只有兩個人睡過鳳仙太后寢宮的床，一個是她疼入心坎的孫子榮景天，另一個是她心愛的寵物——楚瀅瀅。

此時，瀅瀅正縮在被窩裡，只露出一雙貓兒眼眨啊眨，盡責的向鳳仙太后報告最新情況。

「真傷腦筋，這個要逃婚，那個急著娶，哀家難做啊！」鳳仙太后一撥落到臉上的髮，露出額上的鳳陽花胎記來。

瀅瀅想起百季在池邊落淚的情景，不由得心軟，從被中伸出一隻手，怯怯的拉了拉鳳仙太后的袖口，惹來鳳仙太后狐疑的一眼。

「拉哀家做什麼？」

「太后，要不還是……算了……這樣小季好可憐……婚姻大事，還是得讓他自己決定……」

鳳仙太后聞言，眼一瞇，伸手就往瀅瀅光潔的額頭彈去。

「唉唷～疼……」

「不可能！哀家說的話，絕對不可能收回。」鳳仙太后哼了一聲。

「……那小季逃婚了怎麼辦？」

鳳仙太后偏頭想了想，就著燭光觀察自己的指甲，漫不經心的說：「只好叫人打斷他兩條腿，讓他成親當天安分點。」

此話一出，瀅瀅嚇得面色煞白，雙眼淚汪汪。

「不要啊……太后，打斷腿好疼的，換別的法子好嗎？」

鳳仙太后垂頭，看見身側這梨花帶雨的美景，燦爛一笑，保養得宜的玉手伸出去，往瀅瀅臉上狠捏一把。

「痛……」淚汪汪的某狐狸精夫人吃痛，摀著臉一臉委屈。

相較於她，鳳仙太后卻是一臉舒爽。

「哀家說著玩的，打斷了腿還怎麼成親？只是今日還沒見妳哭，哀家心裡不舒坦。」

瀅瀅：「……」

「不過，哀家總得想想法子，讓這孩子心甘情願的成親，畢竟哀家也不願見自己手下出了一對怨偶。」

瀅瀅聞言放下手，雙眼閃閃發光，「太后果然英明。」

「重點是哀家的名聲好嗎？」

「……」瀅瀅瞭了，太后的英明就和浮雲一樣……

鳳仙太后咬唇思索半晌，忽而把視線停在昏昏欲睡的瀅瀅身上，慢慢的，她臉上浮起一抹詭笑，喊了聲：「瀅瀅。」

「是，太后。」

「最近和妳家夫君們相處得好嗎？」

聞言，瀅瀅立刻嘟起嘴來。

「最近對我有點不好……」

「怎麼說？」

瀅瀅捏著被子，委委屈屈的把前因後果講述一遍，鳳仙太后聽得興高采烈，最後撫掌一笑。

「既然如此，那哀家給妳個秘密任務吧！也能一解妳的心願！」

「秘密任務！」

一聽見「秘密」兩個字，瀅瀅雙眼立刻睜得又大又圓，臉上有止不住的興奮。

鳳仙太后俯下身，貼著她耳語：「那就是……」

半晌，太后起身，「懂了嗎？」

「懂。」瀅瀅同樣也坐起來，握緊雙拳，一臉認真。

「能做好嗎？」

「可以！」她語氣堅定，附帶一句：「以我曾經身為七個兒子的娘的名聲起誓，肯定會做好。」

「好，那趕緊行動。」

瀅瀅跳下床，套上軟鞋，不緊不慢的把外衣披風全穿戴整齊，從太后手中接過一小木牌，推開屏風後面的密道門。

忽而，她又探出頭來，問：「太后，那我現在是要去幹嘛？」

鳳仙太后：「……」

顯然某夫人是完全狀況外了。

＊　＊　＊

夜晚，百季拎著一只包袱，偷偷摸摸的溜出史官所。

今日百季推說史冊未清，晚上不回家睡，百老爺心中有愧，也就應允他，讓他在成親前仍留宿宮中。此舉正好合了百季心意，順利施行逃婚大計。

他抄小徑，來到王宮小花園，怕被人發現，一路上刻意壓低音量，正躲在巨松後窺看情況時，肩膀卻被人無預警一拍。

「喝！誰？」他低呼一聲回頭，對上一雙水燦燦的貓兒眼。

瀅瀅站在他身後，一臉笑咪咪，暗色的青藍衣裳，外面罩著一件白鼼皮短披風，長髮也只綁成一條粗辮，紮上黃色絲帶，與平常精緻考究的打扮大相逕庭。

百季看著她，張口結舌。

她攏了攏包袱，語帶責備。

「小季，你這樣很糟糕哦~還沒成親的人就是未成年的孩子，怎麼能單獨離家出走逃婚呢？本夫人身為長輩，不能允許你這樣。」

百季緊張起來，急道：「楚夫人……拜託妳千萬別聲張，這關係到我一生幸福。」

「本夫人當然不會聲張。」

百季沒料到瀅瀅會這麼說，當下喜出望外。

「真是多謝妳，也請妳裝作沒見過我……再會！」

百季轉身要走，身上的包袱卻被人一把揪住。他轉頭，看見瀅瀅笑得春暖花開。

「但是本夫人要和你一起去。」

百季愣了下，「……不可以！」

「為什麼？」

百季嚴肅道：「因為妳是全大榮國最會闖禍的女人。」

瀅瀅鼓起臉頰，認真反駁：「……本夫人什麼時候闖禍了？」

「罄竹難書！」

「小季……如果你不讓本夫人跟著去，本夫人就要大叫了。」

說完，瀅瀅還真的作勢要大叫，百季一慌，連忙摀住瀅瀅的嘴。

「好夫人，拜託千萬別喊！」

「那讓本夫人和你一起上路。」

「不行！」

「來人——」

小季慌得又是搖手又是擺頭，「好！好！好！算我服了妳，夫人妳說什麼，我都答應。」

瀅瀅聞言，表情喜孜孜的安靜下來，半晌又道：「那你要逃去哪裡？」

「這個嘛……還沒想好……」

「去南華國吧！」瀅瀅道，斬釘截鐵。

「往花錦城南方，快馬只要一個晚上就到國境了，我們出了國境就是南華國領地，比起待在大榮國，南華國更好。」

「咦？這的確是個好主意……」小季訝異，自己怎麼先前沒想到呢？不過話又說回來，這個跟來的怎麼比他這個主逃人更積極……

瀅瀅受了稱讚，得意洋洋，狐狸尾巴都要翹起來了。

「本夫人有過七個兒子，個個都出類拔萃，可不是隨便教教就行。」

百季聞言，迅速想到楚家那六當家，個個出類拔萃、人中龍鳳，而傳說中的榮譽「七號」兒子，更是堂堂北方大國北蒼國的國君。

和眼前這個美豔如狐狸精，實則小白痴心腸的楚夫人比起來——

「幸好他們與妳都沒有血緣關係，否則肯定怎麼教也教不出來，天生素質就有問題。」

「小季你說什麼？」

「啊！不小心說出真心話了……沒事。」

瀅瀅狐疑的看了他幾眼，最後決定不再追究，反而討論起另一件事來。

「對了，本夫人想過了，這一起上路，路上總要有些身分來掩人耳目，小季你就當本夫人的兒子吧！」

瀅瀅說得一派自然，百季大驚失色。

「什麼？」有人這樣隨便認兒子的嗎？

某夫人一臉正義凜然道：「既然本夫人照著……太后……自己的心意……要與你一同上路，自然該做些身分掩人耳目，想來想去，本夫人演娘親最適合，畢竟我曾經當過七個兒子的娘……雖然現在只剩一個，而且還遠在北蒼國，但過去的經驗不會消失，定能得心應手。」

百季囧了。

在府內六個居心不軌的兒子全都升格成了丈夫後，她就只剩一個「榮譽」兒子，敢情這是……無兒可玩，生活寂寞了？想拿他來取樂？

不……很有可能……

百季想到這裡，渾身惡寒。

就算再怎麼粗神經，百季也明白這世界上有兩種東西不能沾惹，一是上官傲，二是楚府那些男人。那蒼狼因為是一國國君，又遠在千里之外才能安然無事，換成他一個小小的史官……見習生……還能不被丟進花錦城的護城河嗎？

「夫人，拜託妳不要殘害無辜百姓了。」他嚴肅道。

瀅瀅聞言，不苟同的噘起嘴，「能得本夫人當娘親是好事，本夫人教過的孩子個個出類拔萃，說不定讓本夫人給你指點指點，你明年就考上正式史官了！」

她說著，又補上一句：「蒼狼也是因為有我這個娘才能當上國君的！」

「……」百季默，真心認定瀅瀅那句話少了幾個字。

應該是……有我這個娘「身後的六個男人」才能當上國君……

見百季無語，瀅瀅以為他同意了，於是擺出一副深明大義的長輩樣，走上去拍拍他的肩膀。

「本夫人是真的擔心你，小孩出門需有大人陪同，小季你自己出門太危險了，本夫人不能放著你不管。而且娶嫁之事，本該你情我願……」

一句你情我願說得百季熱淚滾滾而下。因為昨天他在府中走了一圈，沒半個人支持他，全都一面倒的讚上官傲好，如今終於出現一名知己能明白他的心事。

他感動得一把握住眼前美豔女子的手，「夫人，我以前都當妳是個空有美貌的傻瓜，如今證實，是我錯了，妳確確實實是個雍容華貴、大度有理、善待晚輩……」

「啪！」

正說著，一卷書冊掉出瀅瀅沒綁好的包袱。

兩人同時往下看，藍皮封面上寫著「教你如何輕鬆玩遍南華國」。

百季：「……！」

瀅瀅掩嘴笑道：「喔呵呵！本夫人想說最近春暖花開，南華國慶典多，咱們要離家出走，選南華國不錯。」

她邊說著，邊撿起藍皮本子。但就在她起身時……

「啪！」

兩人又一齊看去。

另一本紅皮書冊掉出來──《南華國萬國甜點百滙》。

百季：「……」

「那個啊……本夫人聽說南華國的甜點非常有名，今年又舉辦了一場萬國甜點百匯盛宴，那上面有大陸各式各樣的甜點吃到飽，本夫人也想替大榮國引進類似的活動，所以必須去考察、研究一番。」

瀅瀅乾笑，迅速把那本萬國甜點百匯塞進包袱中，仰頭一臉純潔的看著他。

「我們趕快出發吧！」

所以說，那啥善待晚輩還是浮雲……

第三章

隔天一早，楚家六個男人和上官傲在太后宮中齊聚一堂。

坐在鳳座上的鳳仙太后，慵懶的撐著頭，手握團扇慢悠悠的搧，看也不看座下臉色發黑的七個男人。

「唉呀~你們一大早就全聚集到哀家這兒來要人，但這件事哀家也不知道，瀅瀅昨晚只說想在宮中多聊聊就住下了，哀家哪想得到她會連同百家那孩子一齊出走?」她道，一臉無辜。

為首的楚明——楚府大當家、大榮國丞相聞言瞇起眼，「聽說太后昨晚賜了瀅瀅一塊手抄諭令，允許她通行南華國與我國的關口。」

鳳仙太后聞言，放下手，坐直起來，一臉詫異。

「什麼？有這麼一塊手抄諭令嗎？哪裡來的傳言，哀家聽都沒聽過。」

楚府二當家，身為大榮國將軍總帥的楚軍往前一步，說：「今早快馬來報，他們拿著令牌出了國門，邊城太守道，那上方確實清清楚楚有太后的簽名。」

鳳仙太后眉心微動，面色仍不為所動，撫掌大嘆起來：「真有這回事？定是哀家昨晚多喝兩杯，記不清楚了。人老了就是這點不好，特別容易忘事。」

這番話讓七個男人同時黑了臉。

上官傲一拱手，語氣客氣，視線卻能殺人，「太后可知道他們去哪裡？」

鳳仙太后一臉驚奇，說：「怪了，哀家都還沒審審你們，你反而問起哀家來了。副丞相，你說，這百家孩子明明是你的成親對象，怎麼大婚當即，他卻嚇得逃婚出走，你是對人家做了什麼？」

說完，她轉向楚府的六個男人，搖頭道：「還有你們，成親才半年多，照理說這夫妻應該是蜜裡調油，你們六個人還沒法讓瀅瀅開心起來，非逼得她往外發展，你們說說，這難道是哀家的錯嗎？」

這番顛倒黑白的話，氣得在場男人們一口血都湧上心頭。

鳳仙太后看著七個男人的黑臉，嘴角終是忍不住，泛出一絲小小竊笑。

「自己丟了娘子就自己找去，難不成還要哀家替你們找？哀家很忙的，忙於國家大事。」

——這國家大事就是玩玩孫子，威脅砍人頭，同時戲弄賢臣們，喔呵呵呵……

楚家三當家楚海氣不過，正要開口，卻被五當家楚風一把攔住。

「別，三哥。」

「五弟你別攔我，這事分明就是太后促成的，她還不承認，我看著真的是心頭一把火……」

冰肌玉膚、仙風道骨模樣的楚風看了看鳳仙太后，慢吞吞的斂下眼睫，「三哥，我這是為你好，因為先王庇佑，這女人的命好到能逆天，如果你跟她鬥，只會三倍報應在自己身上。」

楚海：「……」

罪魁禍首堅決裝死，問不出答案的男人們只得悻悻然離開，鳳仙太后笑咪咪的目送他們，卻在殿後的上官傲踏出殿外時喊了一聲：「副丞相。」

上官傲停下腳步，側身回頭，連句「太后有何吩咐」都省了，只拿一雙眼白看人。

——顯然很火大。

太后看著他，臉上更是笑得春暖花開，「哀家要戒訓你一句：『不經一番寒徹骨，哪能得梅撲鼻香。』強扭的瓜不甜，要想它甜，就必須犧牲些什麼。」

上官傲正眼看了太后半晌，什麼話也沒說，轉身出去了。

他出去時正好與大榮國國君榮艾先擦身而過。

「上官副丞相……咦？就這樣走啦？」榮艾先摸摸鼻子，有些丈二金剛摸不著頭腦，「剛剛楚丞相是這樣，怎麼連上官副丞相也變成這樣？本王最近未免也太沒有威嚴了……人人見了本王都不行禮。」

他跨進殿內，見著坐在鳳座上一手撐著下顎的鳳仙太后，忽然頓悟，搖頭道：「母后，您又拿丞相一家尋開心，這次怎麼連副丞相也算上？要是他們集體請辭，兒臣可會累死。」

鳳仙太后瞟了他一眼。

「誰讓這天下太平無事？除了玩孫子，不找點樂子來做，是要悶死哀家嗎？況且身為哀家的兒子，區區大榮國就讓你累死，那你不如提早死了，好讓哀家優秀的孫子登基。」

榮艾先：「……母后……這天底下有哪個為人母的，會咒自己兒子早死。」

鳳仙太后白了他一眼。

「就是哀家，有意見嗎？」

只能說，鳳仙太后真不愧是大榮國強勢女性之表率……

七個從王宮回來的男人正在楚府的書房內圍桌而坐。

「真的很抱歉，都是下官的錯，早該注意到他的異狀。」上官傲面對楚明，向來平靜的臉上難得出現一絲歉意，「若不是季兒，也不會累得楚夫人一道出走。」

楚明對著上官傲低下的頭不發一語，手指無意識的在光滑的桌面敲打，表情莫測高深。

「副丞相大人，您實在不必為此道歉。」

忽而，溫和低沉的嗓音響起，開口的人是身為花錦城內第一佳公子、最佳流行教主，同時掌著一家大繡閣的楚府四當家——楚殷。

「也許這件事上，該道歉的是我們。」

「四哥說得沒錯。」楚府最小的當家楚翊道，雖然皺起眉頭，一臉少年老成，臉蛋仍然清秀可愛，讓人想捏一把。

但對於這個武功只屈居楚軍之下的楚府小當家，任何想捏一把的人，都要有折斷兩條胳膊、兩條腿，一輩子當廢人的覺悟。

上官傲不解的掃視一圈，問：「這意思是……？」

楚殷默默的拿出一紅皮本子放在桌上。上官傲探頭一看——

「南華國萬國甜點百匯？」

「沒錯。」楚殷點點頭，嘆息道：「瀅瀅從上上個星期就直嚷嚷這件事，但我們都忙於工作，只是安撫她，估計她這會兒是等不及了。」

一直沉默不語的楚明終於開口：「哪兒有甜點，她就往哪裡去。這會兒肯定是拉著百季大人直奔南華國去了。」

楚殷擺一擺手，淡雅的香氣幽幽從袖口中發散，道：「去了南華國還不要緊，這兩人湊在一起，根本是最生活無知的組合。」

「我確認過，瀅瀅除了兩枚鐲子、一根簪子還有一包金豆子，什麼也沒帶走。」楚翊也道，表情沉重。

上官傲聞言，反而舒了一口氣，「既然帶了一包金豆子，那不是很足夠他們一路遊玩嗎？至少我們能放心……」

話未竟，楚家六名當家同時轉過頭來看著他，異口同聲道——

「那是一般人而言，對瀅瀅絕對不夠。」

上官傲：「……」

楚殷撫額大嘆：「瀅瀅每天賞乞丐的金豆子，就不止這個數。我看他們還沒到南華國境，恐怕就已經把那包金豆子用個精光。」

一旁的楚海按捺不住，拍桌而起，「說到底，這都是大哥的不是，大哥答應為瀅瀅做甜點的話，她也不會跑到南華國去。」

眾人的視線齊刷刷全集中到楚明身上。

楚翊撇撇嘴，不鹹不淡的道：「誰不知道大哥是拿這招作幌子，想讓瀅瀅每晚都去陪你，好實現狼子野心。」

五當家楚風停下喝茶的動作，加入戰局：「小弟，狼子野心這句話，實在不能套用在大哥身上，上個月是誰自己吞了會發熱的草藥，哄著瀅瀅陪他一起睡的？」

「什……什麼，誰說的？」

「莫名。」

「莫名才不會說！」

「他不是說，是在心裡想。」

「好了，你們兩個都安靜點。」終於，楚軍看不下去，出聲訓斥。

排行老二的楚軍一開口，兩人遂安靜下來。楚翊不甘心，憤憤不平的盯著楚風，但楚風一臉雲淡風輕，繼續喝茶。

楚軍說：「現在吵架是沒用的，不管怎麼樣，得先知道他們的下落，但我們所有人現在都有事務纏身，大哥，不如……我們先私下派人到南華國找找吧？」

楚海聞言欣然點頭，「沒問題，海幫隨時都有人手可以調度。」

這時，一直沉默不語的大當家楚明終於有了反應，他抬起頭，眼神銳利，脣角卻是拉直的，沉聲道：「不用。」

楚海問：「啊？大哥，不用什麼？」

「不用派人去找，我們自己去。」楚明收起手，挺直背脊，用居高臨下的眼神掃視眾人一圈，緩緩說道：「是說，偶爾也該讓國君好好表現一下，對吧？」

隔天，大榮國王宮傳來一聲長長的慘號。

「沒人性，沒人性啊！丞相、副丞相、將軍總帥、國師、海幫首領、連同城內的大商家頭領全都一併告假，你們踏馬的是要累死我嗎？混蛋，回來啊！這麼累本王哪有空和王后恩恩愛愛？」

薵地官吏一喊：「太后駕到！」

大殿內沉默半晌，接著傳來鳳仙太后慢悠悠的告誡：「聽懂了吧？要是他們不在的這段時間，你擺不平國事，哀家就剃光你的頭，全身塗上桐油黏上羽毛拖著遊街去。」

鳳仙太后翩然離去後，大榮國國君榮艾先趴在王座的扶手上，淚流滿面。

「……丞相……本王是無辜的，為什麼要連累本王……回來啊……」

＊　＊　＊

正當七個跑了妻子和未婚妻的男人們心急如焚時，南華國首都街上也出現一奇景。

萬國甜點百匯的展館前，高高豎起一塊牌子——

到截止期已額滿，明年再見。

「嗚嗚啊啊啊……」

「夫人……啊不，娘，拜託妳別哭了。」

臉上罩著長紗巾的瀅瀅，跪坐在地上哭得傷心，一旁的百季手忙腳亂，路上行人來來往往，紛紛投來驚異的眼神。

瀅瀅哭得直抽氣，無法控制，「小季……你說……為什……咳……為什麼，為什麼要有名額限制，又為什麼……已經……已經額滿……」

「這也沒辦法，我們來晚了。」百季其實是想直接發飆，但礙於人來人往，只得勉強按捺住自己的火氣，軟下聲音來哄。

瀅瀅一手揪著他的袍襬，揉著眼睛，「那小季……你去和主辦人……說說情好嗎？賄賂強逼，什麼都好！」

「……我身為一屆清白史官，絕不做這種事。」

「那本夫人怎麼辦？」

「……涼拌！」

瀅瀅停住三秒，用那雙濕潤潤的眼神看他，三秒過後無預警大哭起來，「小季你對我好狠心，沒有兒子應該這樣對待娘的，你是不肖子，你是壞兒子，你棄娘於不顧！」

不肖子、壞兒子、棄娘於不顧三頂大帽子往百季頭上一扣，本來好些議論紛紛的路人指責的眼神立刻齊刷刷看了過來，把百季看得是如坐針氈。

「好……是我不好……娘，拜託妳別哭了，我們私下談好嗎？」

「不要！」瀅瀅一撇頭，很有骨氣。

「我的兒子們，沒有一個像你這麼沒出息！」

百季當場都快氣暈了。

廢話，她那六個「前」兒子，以及現任「榮譽」兒子，每個都非凡人也，何苦這樣強求他？

「總之……我們先去吃飯……再考慮好嗎？」

「不好……」

「不好也得好！」

百季這回決定不理她，逕自往旁邊邁步前進，而瀅瀅就這麼抱著他的大腿讓他拖行前進，用眼淚替他洗衣裳，兩人一路拖進飯館去。

兩人一進門，收拾得頭臉乾淨的小二迅速上前來招呼。

「客官，需要點什麼？」

百季翻翻白眼，指著自己腿上的「大包袱」道：「我們兩個人。」

小二立刻皺起眉，一臉為難的說：「這可傷腦筋了，小店現在已經客滿了。」

原本抱著百季大腿的瀅瀅忽然抽了抽鼻子，帶著哭腔道：「有甜酒釀的味道……」

小二聞言笑咪咪說：「夫人好靈的鼻子，咱們家的酒釀蛋花湯圓是全南華國最出名的，要是再佐上一碟淺醃桂花，包准吃到舌頭都想吞掉。」

本來哭哭啼啼的某夫人立刻雙眼發亮，「想吃！」

「這……恐怕不太方便。」

「為什麼？」瀅瀅問。

「是這樣的，因為咱們這點心太有名，店內自己賣都不夠了，根本沒辦法讓客官外帶，所以老闆規定，只有店內的客人才能享用。」

瀅瀅聞言，眼兒又霧氣濛濛，百季一看就慌了。

「要不這樣吧！替我們找找看空位，併桌也沒關係，只要對方不介意就好。」

小二欣然領命去了，沒一會兒就為他們找著座位。

「來來，兩位這邊請。」

與他們併桌的，是個留著一把白鬍的老人，桌上已有三、四壺空的酒瓶，桌上攤開畫紙與筆墨，老人正聚精會神的盯著牆角水缸內養的一甕荷花，半點也沒動筆的意思。

小二把瀅瀅和百季領到位置，連忙朝對方陪笑，「趙畫師，真不好意思，今天人多了一點……煩您與別人併個桌了！」

老人瞥來一眼不吭聲，只是擺擺手。

小二欣然轉頭朝百季問道：「客官需要什麼？」

「一……兩碗那個什麼酒釀湯圓還有醃桂花，另外，我自己要一份什錦麵。」

「好的。」

三人同桌，對坐無語，幾分尷尬，反而是那趙畫師從百季坐下的當兒，就拿一雙訝異的眼看著他。

百季被人這樣大剌剌又近距離的注視，幾分不安，朝瀅瀅咬耳朵。

「妳說，他做啥這樣看我？」

瀅瀅也小小聲的回答：「哦～這種搞藝術的人都是這樣，忽然不吭聲盯著你老半天，楚殷告訴我，有時他們是把你想像成花草樹木什麼的，有時候他們只是在想像你脫光的樣子……」

「……回答得這麼詳細，那楚四當家平時在想什麼？」

「不知道！他沒回答我。」

「那平時他也會這樣看著其他人？」

「不，他只這樣看我。」某夫人一臉無辜。

「……」想必楚四當家想像的絕對是後者。

他們正交頭接耳，小二把他們點的東西都送上來，瀅瀅摘下面紗，吹著白煙吃酒釀湯圓，不想那畫師更是目瞪口呆的看著她，口裡直道：「妙啊！妙哉～」

瀅瀅疑惑的抬頭說：「這位先生，您弄錯了，本夫人叫瀅瀅，不叫妙啊～也不叫妙哉。」

那畫師笑著搖頭，「夫人誤會，本畫師在這裡作畫多年，都不曾見過像夫人這樣的容貌，這小兄弟俊秀得像水蔥兒，你們兩人站在一起，簡直就是《荷花三娘子》書裡的情境。」

聞言，瀅瀅和百季面面相覷。

「荷花三娘子？」

趙畫師笑著摸鬍子，「喔呵呵～兩位肯定是外地人，談起荷花三娘子，那可是無人不知、無人不曉的傳說。這間店後面原是一座湖，稱為醉荷湖，每逢盛夏荷花盛開，湖上十里清香，叫人聞之欲醉，於是又稱為醉月湖。」

「但我們方才進來時，沒見到什麼湖啊？」百季皺眉道。

「沒錯，就在十年前，南華國國君為了要造內城河，挖通渠道把醉荷湖的水全部引走了，乾涸後重新填土踏平，如今上頭已建成民居。真真是可惜了～」趙畫師搖頭嘆息，抬頭一看，眼前兩人各吃各的，絲毫無感。

「……難道你們聽了這個故事，不曾覺得一絲惋惜嗎？」

百季和瀅瀅互看一眼，異口同聲道：「不會！」

「因為我可是堂堂史官，沒空管這些風花雪月。」

「因為本夫人家裡就有很多荷花池了，幹嘛在意別人的。」

趙畫師：「……」

「但你還是沒說荷花三娘子是誰？」

瀅瀅顯然對這個名詞有點興趣，追問起來，本來萎靡不振的趙畫師立刻又生龍活虎。

「這可是醉荷湖的傳說！很久以前，有個採藕工在採藕時，忽見一美女出現在湖上，此女姿容絕豔無雙，身上穿著一件綠衫子，腳上一雙軟鞋，紅彤彤的，就像荷花的色澤……」

「是不是這種顏色？」瀅瀅拉裙，露出一雙小腳。

「……對……」

「可是這種顏色很流行，花錦城內人人都穿。」

趙畫師：「……」

百季也插嘴：「不好意思，我不是故意要打斷您講古，但這件事實在古怪，我身為一名史官不得不追究，那女子是怎麼走的？如果腳踩在泥水裡，怎麼看得見她的鞋？再來，要是她踩在水面上前進，豈不是妖怪了？」

趙畫師聞言，立刻拍桌提高音量：「喝！對了！你猜的完全沒錯！這『荷花三娘子』不是人！」

他原本預期收到一點驚悚效果，沒想到瀅瀅和百季仍然一臉呆滯。趙畫師一時氣弱，但又迅速振作起來，繼續講述下去：「總之，這採藕工一見荷花三娘子，三魂丟了七魄，伸手想去拉

小媽之第八號兒子
番外
夢空——著
IKU——繪
小媽之冠蓋滿京華
小媽之全家大團欲
小媽之眼紅來搶親
小媽之雪園歷驗記
小媽之瑕跟宴時光
正傳5集，全國各大書店、租書店、網路書店熱賣中！
啥時小媽收了第八個兒子？
還跟兒子一起離家出走？！
《小媽系列番外》特輯，
收錄百季與上官傲之情史、楚瑜的告白、
蒼狼的溺愛，以及小媽惡搞篇！
篇篇精采逗趣，不可錯過的收藏喲！

她，沒想到荷花三娘子轉眼就不見了，他手上只剩下一朵荷花，這採藕工就把荷花帶回家，抱著荷花睡覺……」

瀅瀅一隻手當下就舉起來，「胡亂採摘花木，實在是一個不好的行為，這故事顯然不能給未成年的人聽，會把他們教壞的。」

百季問：「誰未成年？」

「你啊！因為都還沒成親呢！」

瀅瀅滿臉正義凜然，百季默默的舀起一顆湯圓塞到她嘴裡，轉向趙畫師。

「不好意思，您就當沒聽到吧！請繼續。」

趙畫師：「……」

接下來，趙畫師大概是怕再被打岔，用生平最快的說話速度講完故事。

「採藕工抱著荷花睡了三天晚上，荷花終於又變回美女，她被採藕工的誠心感動，於是兩人成親，還生了一個兒子。但三年之後，美女說她必須要離開，她飄起來，採藕工想抓住她，卻只抓下來一只鞋子，紅彤彤的鞋子一離開女子，就變成一瓣荷花。這故事傳開來，於是後人就稱這女子為『荷花三娘子』了。」

因為說得太急，趙畫師中途還咬到兩次舌頭。

「這荷花三娘子不是人，那她到底是什麼？」瀅瀅問。

「狐狸精。」

瀅瀅：「……」

百季和趙畫師的視線在瀅瀅絕豔的臉蛋上一轉。

「……本夫人絕對沒有來過南華國，也沒有嫁過採藕工。」

百季：「妳放心好了，我想南華國的採藕工應該都很愛惜自己的生命。」

「本夫人也不是狐狸精，是人！」

故事裡面的荷花三娘子是像人的狐狸精，妳是長得像狐狸精的人——這句話百季只敢在心底想著，沒膽子說出來。

兩人吃飽喝足正打算離開，不想趙畫師開口喊住他們：「兩位請等等！能在這裡相逢也是有緣，老夫就贈一幅丹青給你們吧！」

說完，他刷刷幾筆畫完一方帕大小的小品，送給瀅瀅和百季。

紙上畫著一枝嬌豔欲滴的荷花，幾瓣清翠蓮葉點綴，清涼無比。最難得的是不以墨線勾勒外表，更顯得生動，彷彿剛從湖上摘下沾黏紙上。但凡稍懂一點點藝術價值的人，都該對這幅畫欣喜若狂，於是趙畫師也笑吟吟的，等待兩人驚喜的抽氣聲。

沒想到——

「啊！會增加包袱重量耶！」百季如是說。

「……為什麼不畫糖醃藕片？看起來比較好吃。」瀅瀅道。

趙畫師往後一跌，摔到桌子底下去了。

百季和瀅瀅回到旅店，正好碰上掌櫃的，對方一見他們，立刻涎著臉迎上來。

「哎呀~兩位貴客，今晚是最後一天了，兩位接下來還有打算住嗎？」

距離離開大榮國才過了十天，估計風波還沒平息，百季皺眉思索，朝掌櫃的一點頭。

「我們還住，住滿一個月。」

那掌櫃的笑得更樂，「當然、當然，兩位是貴客，小店歡迎兩位要住多久就住多久，但您是知道小店的習慣，不賒欠，請兩位先付帳。」

「好的。」百季答，同時看向金主。

金主眨眨眼，滿是無辜回望他。

「夫人……咳……娘，該付帳了。」

「……我沒錢。」瀅瀅一晃雙袖，兩管清風。

「怎麼可能！那一大包金豆子呢？」

「都給了剛剛那個畫師。本夫人想，總不好白拿別人的東西，白拿東西是壞習慣，本夫人還有個兒子，必須以身作則……所以剛剛走之前都放桌上了。」

掌櫃的聽得一清二楚，當下就換了一副晚娘面孔，尖聲尖氣道：「沒錢恐怕不能讓兩位續住，兩位要趕緊想想辦法，我們旅店可是南華國都內最好、最搶手的旅店，您不要的話，馬上就有人要了……」

「……掌櫃的，你等一下，我們很快就把錢弄來！」百季當機立斷，立刻拖著瀅瀅往外走。

「小季，我們這是去哪兒？」

「廢話，當然是趁當鋪關門前，趕緊把那幅破畫當掉，多少換一些錢回來啊！」

「但仔細看看，這幅畫也滿好看的……」

「難不成還要拿夫人的首飾去當嗎？或者妳想要露宿野外？」

「露宿野外，那也很不錯啊！」

「……什麼？」楚家可是大榮國首富，何時落魄了？

「上回我們一家子出去露宿野外，不曉得多熱鬧，還帶上郝伯他們，我們在野外吃燒烤，香鈴烤得可棒了！晚上的時候在樹上紮了吊床睡，怕蚊蟲，還點起好多好多驅蟲香，隔天起來，我們全部人都和楚殷聞起來一模一樣！」

「妳那叫露營，不叫露宿野外……」

「那什麼是露宿野外？」

「……」百季不解釋，拖著人往前走。

遠方有人把這一幕看在眼裡，放下馬車的窗簾，輕聲一笑。

「過去。」

達達的馬蹄在百季面前停下，擋住去路，低調的馬車卻配以大批侍衛。

「兩位是不是想賣畫？」車內的人問了，聲音清雅低柔，宛如一首歌。

「呃……是。」百季道。

「在下正好想買畫，不如賣給在下吧！」

價錢多少都還沒談妥，瀅瀅已經欣然點頭，把畫遞過去。她道：「雖然不是糖醃藕片，但這畫也不錯啦……」

車內的人伸手接過畫，躲在簾幕後若有似無的笑了一聲。

百季阻止不及，直跳腳：「夫人……不對，娘！還沒拿錢，妳怎麼就把畫交了？」

「……交了再給錢不也一樣？」

「欸？一樣嗎？」

兩人細聲爭執，車內的人又開口了：「娘？難道你是她的……兒子？」

「……目前是。」百季回答得有些勉強。

車內的人聞言笑起來，不可自抑。

「好好，『又』一個兒子！對了，在下今天出門身上錢沒帶夠，你們明天來找我拿好嗎？」說罷，他也不等兩人回應，逕自道：「順著城東、城西、城南、城北大街走到盡頭就是我家了，不管走哪條路都行，都會通往在下的家。」

半晌，瀅瀅和百季看著揚長而去的馬車。

失了畫又沒拿到錢，他們倆……是不是被人騙了啊？

＊　＊　＊

隔天，兩人循著車內人給的線索，城東、城北、城西、城南大街全都走了一遍，最終呆呆的站在目的地面前。

百季：「娘……我們被騙了吧？」

瀅瀅：「為什麼被騙？這不是一戶人家嗎？」

百季當場炸了。

「這哪是一戶人家，分明是南華國王宮！」

沒錯，城東、城南、城西、城北四條大街，一頭連接四方城門口，另一頭走到底，就是南華國王宮。

「那這也是一戶人家啊！住著南華國國君一家人。」瀅瀅泰然自若道，邁步就要往前走。

百季眼明手快，立刻把她拖回來。

「夫人……娘……妳這是要去哪裡？」

「敲門。」

「……敲門幹嘛？」

「拿了我們的畫，當然要給錢啊！這你都不懂，小季你很糟糕哦……」

百季咬牙切齒道：「我當然知道，但王宮的人怎麼可能出來卻沒錢買東西？我們肯定是被昨天的人騙了！」

「你跟昨天那個人認識嗎？」瀅瀅問。

「不認識。」

「那有結怨嗎？」

「不認識當然沒有啊！」

瀅瀅聞言一拍手，道：「這就對了，你既然沒跟人家結怨，人家沒理由騙你，先入為主的認定別人騙你，這樣是不對的。」

說罷，她掙脫百季的手，扭頭輕快往門口跑去。

門還沒敲到，前面守門的十個侍衛齊刷刷刀劍相交，把瀅瀅擋住。

「來者何人？」

百季慌慌張張的追上去，刀光劍影，讓自小只懂得舞文弄墨的他嚇白了臉。

瀅瀅怡然無懼，雙手扠腰，昂起下巴，說：「我們是來收貨款的。」

「貨款？」

「對，昨天這家的人拿了我們的畫叫我們來取款，今日我們取款來了。」

那侍衛長一聽立刻皺眉，動手驅趕，「去去去！這裡可是王宮禁地，怎麼可能會有人賴妳帳？看在妳是女流之輩不計較，下不為例！」

瀅瀅聞言，氣沖沖的鼓起臉頰，「嘿！你們南華國的人怎麼這樣做生意，半點信用也沒有，昨天說得客氣，今天翻臉不認人，想賴帳嗎？」

「什麼賴帳不賴帳，妳這女人簡直胡言亂語……」

侍衛長的話未完，朱紅大門被打開，一抹人影從裡頭飛身出來，對準侍衛長的頭就是一個迴旋飛踢，侍衛長被重擊倒地，翻起白眼。侍衛們全都嚇一跳，轉頭見到來人，立刻臉色發白全都跪下。

「齊心將軍！」

穿著將軍服飾的年輕男人面上泛著幾顆汗珠，顯然剛才是飛奔而來，濃眉大眼圓睜著，痛斥起侍衛們：「本將軍不是交代過，今日有三王子的貴客前來，爾等不能阻攔？」

侍衛們誠惶誠恐的看了瀅瀅和百季一眼。

「您……您是有說過，但我等以為這兩位只是來搗亂的……」

「胡說，這兩位是三王子的貴客！爾等不能有違！」

齊心怒斥，侍衛們立刻劈劈啪啪刀劍扔一地，全部轉向瀅瀅和百季，行五體投地大禮。

「沒想到是王子貴客駕臨，我等有眼無珠，還請兩位原諒！」

百季傻了眼，沒想到竟不是騙局，對方還是堂堂……南華國三王子？這是什麼神奇的展開？

但瀅瀅卻心不在焉，一雙狐疑的眼直往那將軍臉上溜去，「那個……南華國的將軍，是不是俸祿很少？」

被點名的人一臉疑惑的轉回頭，「不會，在下的俸祿很豐厚。」

「那你為什麼還要兼差？」

齊心臉色僵硬，沉默半晌，乾笑起來，「呵呵，夫人胡說什麼，本將軍從來不兼差。」

本來跪在地上的侍衛們聽到這異樣對話，紛紛抬起頭來，疑惑的視線在兩人中間轉來轉去。

瀅瀅皺眉，斬釘截鐵道：「不對，本夫人見過你，而且是在北蒼國，那時候你在臺上唱戲，演那個弟弟！」

「……夫人肯定認錯人了！」

「不可能，本夫人雖然記憶力不好，但這輩子看過的戲、聽過的曲子、吃過的點心，絕對都不會忘記，也不會記錯。」瀅瀅信誓旦旦。

侍衛們看瀅瀅說得這麼言之鑿鑿，看著某將軍的眼神也懷疑起來。

齊心將軍又急又尷尬，卻不敢對眼前的人發火，扭頭就對侍衛吼起來：「看什麼看？都不用守衛城門了嗎？還不快點把門打開，讓兩位貴客進去。」

被吼的侍衛們連忙收起懷疑的目光，俐落站起推開大門，恭迎三人入內，同時往暈倒在地的侍衛長臉上潑涼水，把他弄醒。

但等到大門復又關上，侍衛們面面相覷。

「嘖嘖，難怪齊心將軍死都不提他陪三王子去北蒼國時做了什麼，原來竟是唱戲去了……」

百季和瀅瀅跟在齊心將軍身後，被領到了南華國的後花園。後花園中，有座不見邊際的荷花池，一池清灩，波光粼粼，一條石子步道直通湖心亭。

亭中，隱約可見一人影。

「在下就在這裡守衛著，兩位自行走過去便是。」齊心說著，退到步道起點旁，拱手讓兩人前進。

走在步道上時，瀅瀅轉頭朝百季抱怨：「收個貨款要走這麼遠，早知道昨天不給他了，應該叫他直接送來才對。」

「……對方可是堂堂的南華國三王子，夫人敢要他送？」

「當然，他可是晚輩。」

百季默了，能毫不在意、直呼大國王子為「晚輩」的人，恐怕也只有這少根筋的楚家夫人。

荷花盛開，清香宜人，他們才剛走到，裡頭的人已經率先站起來迎接。

是名紫衣青年，青絲束髮，玳瑁紫冠，眉眼十分細緻。

百季看了暗暗吃驚，不想南華國的王族竟長得這般秀氣好看，連忙又想到這樣盯著王族看是不敬的行為，慌忙拱手行禮，「在下百季，見過三王子殿下。」

百季偷偷抬頭覷了一眼，見瀅瀅沒反應，連忙一拉。

「夫……娘，這位可是南華國的三王子殿下，要行禮。」

瀅瀅只是睜大眼，與淺笑的男子面面相覷。

「一陣子不見了，夫人。」南華國三王子道，聲音相較一般男人稍高，卻是溫婉柔和。

瀅瀅則伸出手指，抖啊抖的。

「啊！是小墨！」

接著她立即飛撲上去，在百季驚訝過度的視線下，和南華國三王子抱在一起，兩張臉蛋兒還互相磨蹭，感情甜蜜好似姐妹淘。

百季淚了……誰能為他解釋一下，為啥他總是狀況外？

＊　＊　＊

紫衣青年原來叫南華墨，是南華國的三王子。

大陸上有四強國，各據東、南、西、北一方。而南方霸主，是為南華國。

南華國有個傳奇，現今的南華王后原本是太后，先王立了她為后，卻未曾臨幸便去世，留下年輕的太后與新登基的王，原本兩人水火不容，後來新王卻莫名的對太后日久生情，一意孤行廢太后，可廢了又立，這回立為王后。

是以世稱「太后下嫁」，成為南華國國史上的一冊傳奇。

這些百季早已熟讀於心。

南華太后成為王后的七個月後，大王子南華廣陵出生，又隔兩年，生了一對龍鳳胎，女的是南華靈公主，男的是南華墨王子。

但他怎麼想也沒想到，三王子南華墨竟與少根筋的楚家夫人是舊識，而且這認識過程更玄，是在南華墨微服出巡時相遇認識的。

南華墨王子微服出巡便罷，什麼不好扮，竟是扮個……賣唱的歌女？

要是把這件事寫出來，肯定會立刻成為大陸上的頭條，史官百季的威名就名揚四海，無人不知、無人不曉，但……

百季停下筆，捏起桌上的紙，沉默的扔到身後，癱在桌上呈半死狀。

原本的書房內硬擺了張圓桌，瀅瀅手裡拿著半塊蜜桃乾果酥，面前是一整桌五顏六色的甜點，南華墨坐在她身邊，一整排的宮女在兩人身旁搧著人高的羽毛扇。

瀅瀅對百季的沮喪一臉困惑，問：「小季，你怎麼不寫了？」

百季看了一臉無辜的某夫人一眼，她身邊的南華墨笑得像要掐出水來，眼中卻很明顯的傳達出——要是敢把本王子男扮女裝的事情寫出來，本王子就滅了你。

這是赤裸裸的威脅。百季手指點在桌上畫圓圈，淚流滿面。

「這種事是需要靈感的……」

但有靈感，也不見得有機會寫。

瀅瀅嘆口氣：「你這孩子說話怎麼和楚殷一樣，總是滿口靈感靈感的，這東西吃不到也碰不著，要用的時候老是找不到，就不知道為什麼那麼多人喜歡它。」說罷，她把半塊蜜桃乾果酥塞進嘴裡，細細咀嚼。

「小墨，你說，為什麼這麼多人喜歡它呢？」

被人毫不恭敬的喊著，南華墨臉上卻沒半點不悅，反而笑得春暖花開，抬手替瀅瀅擦嘴邊的餅屑。

「興許人總是覺得得不到的最美。」

「……小墨你不愧當過旦角兒，說話都像唱歌似的。唔……這點心太乾了，我還要一杯安鋒煎茶，這茶雖然不甜，但是還真配點心。」

「夫人喜歡就多吃點。」

百季看著眼前情景，猛地揉一揉眼，「怪了，怎麼背景全變成粉紅泡泡……」

瀅瀅和南華墨相認後，百季就和瀅瀅一齊搬進南華王宮，過著比主人還像主人的貴客生活。

百季原先樂得心花朵朵開，南華國的國史院是全大陸最好的，能被選上成為南華國的史官，更是史官中的佼佼者，他抱著學習的心態而來，沒想到卻被一口否決。

更沒想到南華國史官長冷著臉，雙手環胸站在國史院前拒絕他進去，理由是南華國的國史院除了本國史官，絕不對外開放。

「唉～」想到這裡，百季又深深一嘆，手指無意識的在桌上畫圈圈。

來到南華國近一個月，想必上官家和百家的婚禮也取消了，他昨晚不知為何做起夢來，夢見上官傲穿著大紅喜袍，一個人孤孤單單站在堂上，面對來自四面八方的質疑眼神。

醒了之後，他心中竟無端生出一股罪惡感。

對於上官傲，與其說是厭惡，更多的是不甘心，不甘心就這樣無聲無息的被對方壓過，所以他處處挑釁，與上官傲作對。但認真計較起來，上官傲非但沒有傷害他，反而幫了他許多。

曾經有個資深律吏假公濟私，用送公文的名義對他摟腰蹭肩的，他回家氣呼呼的在房內吼了一通，隔天就聽說那律吏被人打發去邊關當書記，還是上官傲親自下令。

即使他都沒給上官傲擺好臉色，上官傲依舊在他每年生辰上門送禮，無一例外。送的東西更是該死的合他心意。

上官傲確實是個好人，但他就是嚥不下這口氣。因為他輸了這麼多年，這回竟然還要「嫁」給上官傲，面子、裡子全都一齊輸光。

等他回去，再親自去向鳳仙太后謝罪好了。

告訴鳳仙太后，都是因為他不願嫁才逃婚，不關上官傲的事。

百季想著，半闔起眼。仔細想想，他也有很多年、很多年沒有過過這種無所事事的生活了。每日都埋首在成堆的史卷中，想破了頭要比上官傲更好，要贏過他，要成為正式史官，但每每派給他的都是讓人氣餒的小任務……

終於，他迷迷糊糊的睡去……

此時，瀅瀅正對著南華墨委委屈屈的抗議。

「本夫人想去萬國甜點百匯，門票卻賣光了，想一個老人家跋山涉水、辛辛苦苦的來到這裡，卻說票賣光了，這樣對嗎？你們應該要設一些年長票、愛心票，專門留給老人家才對。」

南華墨聞言，往瀅瀅周身打量一圈，表情奇妙。

「知道了，我們下次會改善。」

「嗯哼～本夫人既然提出改善的建議，你理應要有些回報吧！」瀅瀅抬頭，趾高氣揚。

南華墨忍俊不禁，提議道：「那送夫人兩張萬國甜點百匯的貴賓券當報償可好？」

瀅瀅立刻感動得往前一撲。

「小墨你真好！不管你是男是女，本夫人都喜歡你！這個點心好好吃，能再來一盤嗎？」

「能。」

南華墨招手又讓宮女流水席的上，看瀅瀅吃得饞，他挑眉訝異。

「大榮國的甜點也是出名的，夫人在家沒吃飽嗎？」

一提起這個，瀅瀅立刻皺眉大吐苦水：「最近莫名說他改了藥方，新藥方要戒甜食，楚明就不讓我吃甜點，三天才讓我吃一塊桂花糕，簡直太欺負人了。」

南華墨聞言，柔柔一笑，「他們也是為夫人好。」

「是嗎？但本夫人覺得他們當兒子的時候比較好……」

「呵呵，看來諸位楚家公子，當相公當得很失敗。難道是因為他們禁了夫人的甜食，夫人就負氣跑來南華國了嗎？」

瀅瀅吃撐了，腆著小肚子舒口氣。

「當然不是，這回是因為小季離家出走，本夫人不放心他才跟來。」

南華墨往睡著的百季一瞟，問：「就是那位？」

「嗯，太后指婚，要小季和上官傲副丞相擇日完婚，小季不要，就逃婚了。」

南華墨面露詫異，「上官傲副丞相？那不是很好的人選嗎？本王子也聽過此人，說是此人秉性清良，德行無失，又賢能有才，是難得一見的相才。」

「可是百季說他不想嫁給男的。」

南華墨聞言皺眉，說：「這有什麼好糾結的？喜歡就喜歡，不管是男是女，總歸不要後悔就好。」

瀅瀅也跟著點頭。

「本夫人也這麼想，但小季從小讀那些臭墨子文人史書讀多了，腦子也有點硬邦邦。這回出來，太后也有吩咐本夫人，要想辦法軟化他……啊！太后說這是秘密任務，不能說的……」她露出委屈的小眼神，「小墨你可以當沒聽到嗎？」

南華墨眨眨眼，莞爾一笑，「夫人說什麼，我剛才根本沒在聽。」

瀅瀅飛撲，感動的蹭啊蹭。

「小墨你真好，本夫人想再吃一碗桂圓紫米粥。」

「剛剛不是吃撐了嗎？」

「聊天已經消化完了啊！」

南華墨無語了。楚夫人……果然非凡人也。

第四章

隔天，瀅瀅纏著南華墨唱曲給她聽，對方笑著應允了，卻把所有閒雜人等趕出書房……當然，百季也在閒雜人等中被趕了出來。

他漫無目的的在後花園亂逛，最後蹲在荷花池邊托腮發呆，驀地聽見湖上水聲響，有名長相清秀的中年宮女撐著小舟緩緩滑來，見他蹲在池邊，一臉訝異。

「你是何人？怎麼蹲在這裡？」

百季禮貌朝對方一笑，「在下是三王子的客人。」

聞言，那宮女眉一挑，問：「三王子的客人嗎？那怎麼在此晃蕩？」

「呃……覺得沒事可做，坐不住就跑出來了……」

宮女聞言一笑，把小舟滑近。

「既然你沒事可做，能幫我個忙嗎？」

「幫忙？」

「我想摘些好看的荷花回去放在宮裡，卻發現好些荷葉殘掉了，你能來幫我修剪一下荷花池嗎？」

橫豎無事，百季點頭，跟著上了小舟。

那名宮女的技巧了得，只憑一柄長槳，小舟便在狹窄而茂密的荷花池中靈活穿梭。百季照著她的指示摘下好看的荷花，同時處理殘掉的荷葉——把殘落荷葉摘下以後用木棒壓進泥水中，作為新的養分。

許久沒做這種體力活，沒半晌百季額上就冒出汗珠，挽起的袖口沾滿泥水，俊秀細緻的臉上泛起紅暈。

宮女看在眼裡，嘴角彎起笑。

「心情不好的時候，勞動身體是最好的良藥。」

「啊？妳說什麼？」

百季愕然回頭，手裡還握著一枝嬌豔欲滴的荷花。

「說你呢！一個孩子，大白天卻愁眉苦臉的蹲在荷花池邊，要不是這水淺得只到胸口，剛剛還以為你要跳湖自殺。」

百季聞言，憤然一拍胸脯道：「怎麼可能，我在寫出一部曠世史書之前絕對不會死。」

「寫史？你是個史官嗎？」宮女問，行雲流水的轉彎。

「是……」百季回得心虛。

宮女半點不介意，笑咪咪的說：「雖說年輕人有志向很好，但你之前肯定都是關在房內，拚命翻著那些被蠹蟲蛀過的古書對吧？」

百季聞言拉下臉，「那些都是古代先賢的名言，自然要多多閱讀。」

宮女聞言，嘆息搖頭，說：「古代先賢雖好，但是一味追求古代先賢的樣子，也寫不出什麼新意。」

「哼哼~我可不一樣，我是懂得革新的史官，寫的和別人不一樣。」

「是嗎？」宮女停下划槳的手，歪頭笑睨著他，「讓我猜猜，是不是把自己的事情全都寫進去了？」

「……」

見百季不吭聲，宮女笑了起來。

「我不會讀心，這是很正常的，一個人只會看史書或者相關書籍，不看別的書籍，也不走訪各地，寬闊心胸，那麼除了抄襲古書中的糟粕，剩下就只能寫自己生活中的流水帳。」

一語中的，把百季駁得無話可說，只得悻悻然低頭。

在大榮國時，從來沒有人對他說過這些話。

宮女又重新滑起槳來，細聲說道：「事情看得太少，眼光就會狹隘，總是用自己的認知去理解事情，這樣不能成為一位好的史官。」

用自己的認知去理解事情？

這句話讓百季心坎重重一震，他何嘗不是一直用自己的想法理解上官傲？

沉默半晌，他道：「其實，現在確實有件事讓我很困擾。」

「願聞其詳。」

「我……身邊的人給我指了一門我不想要的婚事，我不想成親，可是身邊的人和對方都逼迫我成親……」

不想那宮女聞言眼一沉，槳順勢往水裡深深一打，力道過猛，讓小舟原地轉了一圈，晃得厲害。百季嚇一跳，慌忙抓住舟身穩住自己。

「這我能理解。」

那宮女說著，恨恨的瞇起眼。

「被所有人強迫接受一門根本不想要的親事，而且最後還沒得反抗。我當初也是這樣，真恨不得對他剝皮拆骨，丟進荷花池內毀屍滅跡。」

百季看著宮女倏變的臉色，滿臉驚恐。

「那……那人後來怎麼了？」

宮女瞥了他一眼，語氣淡淡的說：「還活得好端端的，因為宰了他會惹來更多的麻煩，所以我後來就放棄了。」

「那妳和他成親了？」

「嗯。說到底，我並沒有那麼討厭他，大抵是厭惡和喜歡各半吧。厭惡的是他強逼我成親的手段，也厭惡身旁的人全都站在他那邊，但是我後來仔細想想，針對他個人，我並沒有那麼厭惡。」

宮女說到這裡，面色一斂，「你說身邊的人逼你成親，但如果你真不想成親，根本就不會煩惱，只會逃，恨不得逃到天涯海角，完全把對方丟在腦後。」

百季訥訥道：「我是逃了啊……只是我這一逃，可能會害他被罰……無罪受罰，我心裡總覺得過意不去。」

宮女聞言笑了。

「看來你對這個人，也是喜歡和厭惡各半呢！」

他喜歡上官傲？

百季聞言，立刻反駁起來：「怎麼可能，我半點都不喜歡他！他是我的死對頭，總是高高在上，用那種氣死人的樣子看我，從小到大，我不管做什麼都輸他……」

說到最後，百季的頭垂下去，聲音也越來越小。

宮女恍然大悟，笑道：「所以你是因為輸了對方不甘心，所以抵死不想成親？」

「……並不是！還有很多其他原因，比如他人很討厭……」

「傻孩子。」

宮女笑著伸手過來，撫一撫百季的頭。

「告訴你一個秘密。」

「秘密？」

「愛情中，被愛的人永遠是勝利者，對方既然已經按捺不住上門提親，又籠絡你身邊的人向你逼婚，其實贏的人是你呢！」

「他才沒有按捺不住上門提親，那是……那是他被指婚，逼不得已。」

「呵呵～那你認識的死對頭，是會『逼不得已』的類型嗎？」

百季聞言，皺起眉，眼兒轉啊轉。

說實話……從小到大，他似乎沒見過誰能強迫上官傲的……

「可是……這也不能證明他喜歡我啊？」

「那我教你一個妙法。」

宮女比出食指抵在脣上。

「你的對象，是個戒心很強的人嗎？」

百季想了下，遲疑的點點頭。

「大概……是吧？」

「那就好辦了，但凡戒心強的人，都不太願意讓人手持利刃站在身後，下回見到他，你就找個藉口說要替他剪剪頭髮吧！假使他全然不懼，就表示他完全信任你。」

「剪……頭髮？」百季傻了眼。

這種方法會有用嗎？

宮女微笑道：「一定有用，因為我家那口子也是這種人。」

「就算他相信我，那又怎麼樣？」

「他相信你、喜歡你、強迫你成親，這三點都備齊了，就輪到你來折磨他了，不是嗎？」

宮女說著，抿脣，陰惻惻一笑。

「他最想要什麼，就偏不給他什麼。」

「那我怎麼知道他想要什麼？」百季問。

「笨！但凡愛人者，最想要的就是對方的心，最重要的那三個字，你一定要在心裡、在嘴裡鎖得牢牢的，讓他在患得患失的猜測中痛苦度日。」

宮女說完，又繼續輕快的划起槳來。

百季想，娶了這位宮女的人，一定很不幸……

把整個荷花池清理完畢，宮女送百季上岸，自己則停留在原地目送百季的身影遠去，末了一笑，跳上小舟又開始划，先是穿過石橋，再拐進一條隱密的水道，抵達目的地後，她輕快的抱著荷花上岸。

急成熱鍋螞蟻的宮女們一見她，慌忙跪了一地。

「王后陛下，您怎麼又偷穿宮女的衣裳跑出去了，讓奴婢們好找。」

「怎麼？本后偶爾出去散散心也不行？」

宮女……不……應該是南華王后謝清墨淡笑，捧著荷花走進寢殿。

宮女們立刻起身跟上，在她身後緊張的七嘴八舌。

「您要摘荷花，吩咐奴婢去摘就好，何必自己去呢？」

「成天看奏摺，本后很膩，需要體力勞動。」謝清墨努努鼻子，把荷花放進長頸細身的白瓷瓶中。

「您是王后，哪需要什麼體力勞動？」

「誰說王后就不需要體力勞動了？那個誰，去幫我把瓶內裝滿水。」謝清華道，一邊摘下頭上的宮女髮飾。

「咳……您剛剛不在，國君已經來過好幾次了，說是您再與他嘔氣不見面，他就要傷心而死了……」

謝清墨聞言，一翻白眼，扯起一件外袍進了屏風後。

半晌，一件件宮女服飾被扔出來，附贈一句話——

「既然這樣，反正兒子也大了，就叫南華金允那傢伙去死吧！」

宮女們：「……」

＊　＊　＊

百季思忖著剛剛的對話，一邊折回院落，才走到半路，就有人哭著一路奔過來，兩眼淚汪汪，鼻頭通紅，美豔的臉蛋哭得像個被欺侮的小可憐。

「小季～～」

百季還沒弄清楚情況，就見瀅瀅筆直的撞入自己懷中，力道之大，讓他這柔弱的文官不由得退了兩步。

「楚夫人……呃不，娘？怎麼了？」

瀅瀅把他胸前的布料哭出一塊水漬來。

「小季……嗚嗚嗚……你聽我說……本來小墨說要送我兩張萬國甜點百匯展館的貴賓券，可是突然又不行了。」

「怎麼又不行了？」

一問這句，瀅瀅眼淚就止不住直流。

「他說南華城內忽然出了怪病，有許多人身上突發紅疹，不分男女腹部大如孕婦，因為找不到原因，現在已經緊急停止所有南華城內的活動了……就連萬國甜點百匯也是……嗚嗚嗚……」

南華國內突生怪病？

百季聞言，立刻來了精神，畢竟史官寫史，總希望多點事情，要是天下太平相安無事，那史官多無聊？

大榮國的史官們就是這樣——

朝政清明，人民純樸，五穀豐收，風調雨順，好山好水好無聊。

人民突生怪病這情況，百季還是第一遭遇到，當下喜悅之情溢於言表，一把握住瀅瀅的肩膀，把她推出懷中。

瀅瀅還在那裡撕心裂肺的哭號：「小季你說，該怎麼辦……甜點……」

「夫人，這件事我們定要插手。」

「啊？插手？」

「南華國的人民有危機，路見不平，拔刀相助，我們不能坐視不管。」

「那萬國甜點百匯展館怎麼辦？」瀅瀅抹著眼淚，傻傻接口問。

「這還不簡單，只要我們找出怪病源頭，解決煩惱，萬國甜點百匯不就又能重新開張了？」

「……哇！小季你好聰明，你怎麼想到這方法的？」

「沒辦法，誰讓我從小就有神童之名。」

「奇怪，但本夫人記得花錦城內有神童之名的除了楚明以外，就只有上官傲副丞相，小季你是什麼時候也成為神童的？」

百季囧……

＊　＊　＊

「你們想要幫忙解決城中的怪病？」

南華墨抬起頭，盯著桌前的兩人。

百季上前兩步，砰的雙手拍在桌上，引得成疊的書冊一震。

「當然，路見不平，拔刀相助，我們是三王子的客人，受您的幫助，既然您有困難，我們當然不能坐視不管。」

南華墨對百季異常熱切積極的態度感到訝異，視線瞟向百季身邊的瀅瀅，她正站在百季身側，一手拖著百季的左袖，臉上淚痕未乾。

瀅瀅道：「萬國甜點百匯比什麼都重要……」

南華墨一挑眉，不置可否，視線又轉回百季身上。

百季熱血沸騰，更是賣力追問：「那現在有什麼線索，能請三王子告訴我們嗎？也請允許我們一同追查。」

「線索有是有，但恐怕你們幫不上忙。」南華墨語帶遲疑。

「不管是什麼，我們都會赴湯蹈火的！」百季拍著胸脯打包票。

瀅瀅聞言，嚇得渾身一顫，臉色發白，「赴湯蹈火？小季……那我們不就被煮熟了嗎？」

南華墨嚴肅道：「經過調查，這些人得的不是病，而是中毒，幸而毒量極少，症狀輕微，若是再多些，恐怕南華城一日之內就要淪為鬼城。」

百季聞言，表情更加閃閃發亮。

「毒？表示是有人故意下毒嗎？」

南華墨看著百季，沉默半晌。

「……為什麼我們國家的人民中毒，你這麼高興的樣子？」

百季立刻斂下興奮的笑容，努力維持臉部肌肉平靜，「有嗎？一定是三殿下您誤會了。那……知道是什麼毒嗎？」

「目前還沒查出來。」南華墨嘆息。

「我們已經召集宮中最好的王醫，並且對天下解毒名醫發出徵召令，但目前為止，所有名醫都瞧不出所以然，更遑論解毒了。」

撲朔迷離的案情，簡直是寫史的絕佳題材！說不定南華國即將掀起新一輪的政治鬥爭，而他正好能用自己的雙眼見證這一切！

百季這回學聰明了，樂在心裡，但還是掩不住翹起的嘴角。

「那對於何人投毒，可有頭緒？」

「……目前沒有，但對於毒從何來，已經有線索。」

「什麼線索？」

「根據報告，這些中毒的人，許多都居住在南華山山腳附近，而城內中毒的人，大部分都是因為飲用了來自南華山上的泉水。」

「這不就很明瞭了嗎？下毒之人就在南華山上！」

百季聞言拍掌，一臉恨不得去揪出那個幕後下毒者。

不料南華墨卻皺起眉。

「這才是最難辨的地方，我們不能派兵前去搜山。」

「為什麼？」

「南華山上有位老前輩南華老人，這位前輩曾於祖父有大恩，在叛亂時闖入王宮，隻身一人闖破天羅地網救出受困的祖父。祖父登基後便下令，南華山賜予南華老人所有，即便王室的權力也不能加以干涉。而這位老前輩生性古怪，討厭王宮貴族，但凡有個官字他都受不了，只允許附近村民上山。」

南華墨說到這裡，深深一嘆：「我們雖想找出下毒之人，卻不能違背祖父的旨意，所以才束手無策啊！」

百季也跟著沉默，咬脣深思。

瀅瀅眨眨眼，在他們兩人之間看來看去，最後慢慢舉起手。

「那個……你們說的南華老人，是不是鑄劍也很厲害？」

南華墨一臉訝異，「夫人知道？確實，南華老人退隱之後，以鑄劍為樂，不想其鑄造的刀劍鋒利無比，可謂神兵利器，大陸上無人不知、無人不曉。」

「本夫人不只知道，還跟他很熟……」

百季、南華墨：「……啊？」

事情是這樣的，原來瀅瀅當年為了替楚府二當家楚軍求把削鐵如泥的寶劍當十八歲生辰賀禮，便向南華老人求劍，兩人因而結緣。而在前往北蒼國的途中，又遇到南華老人的徒弟柳眉夜，還助他完成南華老人派下的任務，可謂緣分深厚。

瀅瀅講述完以後，百季和南華墨雙雙目瞪口呆。

但瀅瀅只關心一個問題——

「只要找到南華老人，讓他允許我們搜山找到下毒的人，那麼萬國甜點百匯就能夠重新開館嗎？」

南華墨重重一點頭，承諾道：「我保證。」

於是，百季就和瀅瀅一同往南華山出發了。

＊　＊　＊

南華山，位居南華城西側，高聳入雲，古木參天。要想見南華老人，首先必須走完前面九千六百五十四階又陡又滑的山梯。

但才剛開始，兩人就遭遇了大難題。

百季是個拿筆寫史的，平時最多的勞動機會就是送公文；瀅瀅是個養尊處優的，平時最多的勞動機會就是施捨金豆子。這兩個五體不勤的人湊在一起就是——一場悲劇。

才爬前面短短幾十階，兩人已是汗如雨下，雙腳瘆疼。

瀅瀅抹抹眼淚，一手揪著百季，一拉三拖步，委委屈屈道：「……小季揹我好不好？」

「自己走！」

百季喘息，也是泥菩薩過江，自顧不暇。

聞言，某夫人又淚眼汪汪起來。

「但你說你是純爺兒們，純爺兒們應該要幫助弱女子……」

「妳成親了，男女授受不親。」

「現下本夫人是你娘。」

百季自己也滿頭是汗，還拖著一個煩人精，語氣自然好不起來。

「……我沒妳這麼個活寶當娘，還是留給楚府那家子享受！」

「……」

瀅瀅癟癟嘴，沉默了三十秒。

「小季揹我……」

——哼！不理妳。

「小季揹我好不好？」

百季充耳不聞，繼續往前走。

但瀅瀅開啟復讀模式，無限重播。

「小季揹我……」

「揹我，小季。」

「揹我好不好……小季……小季？」

百季最終受不了，暴躁一吼：「閉嘴！」

身後的女人閉起嘴，脣角顫抖，眼淚汪汪。百季當下也慌了，要知道惹天惹地，就是不能招惹眼前的小祖宗，因為她家還有六個大祖宗。

「別哭！」他大吼，加上一句讓氣勢瞬間弱掉的話：「我揹妳就是了……」

瀅瀅擦著眼淚，破涕為笑。

百季揹著個人，舉步維艱，辛苦的一步步往上爬。反而是他背上的瀅瀅，順心遂意，兩條小腿晃啊晃的，淚痕未乾的臉上微笑燦爛。

「真是懷念哦～之前去北蒼國，一路上都是楚軍和楚翊輪流揹本夫人。楚軍身強體健，揹本夫人三天吭也不吭一聲；楚翊瘦歸瘦，但其實有鍛鍊有差，揹起本夫人來也臉不紅、氣不喘的……」

百季不吭聲，臉色赤紅、汗如雨下、氣喘如牛。

「遙想當初，本夫人為楚軍求劍，一步步爬上這九千六百五十四階山梯，那真是天地都為之動容的創舉……」

百季喘了一聲，奮力又爬上一階。

「這……就……奇怪了，妳當年爬得動……現在怎麼……爬不動了……」

瀅瀅攀著百季的肩膀，皺眉沉思，「那時候本夫人有做一些事前訓練，紮了三個月馬步，想來有效，啊！千萬別忘了雲片糕，本夫人裝了整整一包袱的雲片糕，邊走邊吃，吃到最後一片就找著南華老人了。」

「……為什麼不早說……我們就能從王宮帶……」

——原來重點是雲片糕！

百季氣虛體弱，還揹著個人，走走停停，停的比走的多。

當爬完一千階，百季遙想還有整整八千六百五十四階，兩眼一翻，癱軟在石階上。他想，不如成親算了……

幸好老天發慈悲，這時他們竟遇到兩名上山砍柴的樵夫。兩位樵夫個性憨厚，還未娶親，一見瀅瀅撲倒在半暈厥的百季身上喊著「兒啊～別丟下娘」，那梨花帶雨的美豔臉蛋，三魂先被迷走七魄。

兩人路見不平，拔刀相助，把百季和瀅瀅揹在身後的擔子上，一路挑上了南華山頂。

一波三折，兩人最終是站在南華老人隱居的竹苑前。

還沒敲門，就聽見裡頭傳來驚天怒吼——

「老夫一生未娶，你第一次下山就給老夫帶個媳婦回來，是要氣死老夫嗎？」

「師父！一切都是徒兒不是，請師父責罰。」

「臭老頭，不許你罵我夫君，看招！」

「哼！就這麼點使毒功夫，還敢自稱『毒皇』，真要笑掉老夫大牙！」

百季一聽打架，手腳發軟，扯著瀅瀅退後。

「楚夫人，他們在忙，我們還是晚點進去吧！」

瀅瀅卻對他露出笑容。

「沒關係，都是本夫人的熟人。」

「妳的熟人？」

百季瞠目結舌，瀅瀅已經泰然自若的推開門。

只見眼前岳飛殺張飛，在半空中打得滿天飛。

「臭老頭，誰不入流，看招！」

「老夫——擋——！」

紮著兩束馬尾的少女毒皇揚手就撒出大片毒粉，拖著長長白鬍的南華老人甩動腦袋，白鬍子捲起漩渦，把毒粉全都反吹回去，同時一把鐵枴杖，舉杖就砸往毒皇的方向。

少女輕巧閃開，南華老人收杖不及，一下全砸在牆角的瓦罐堆上。

乒乒乓乓，無數碎裂聲響起。

在兩人下方，是低頭斂眉跪著的青衣少年。

兩人都是練武之人，在百季和瀅瀅開門進來的瞬間統統停手回頭，驚訝的咦了一聲，旋即滿臉驚喜。

南華老人是最先趕上來的，一把將枴杖夾在腋下，感動的握住瀅瀅的雙手。

「瀅娃娃，妳怎麼來了？來得正好，老夫都快被氣死了。」

少女毒皇不甘示弱，一把撞開南華老人，撈住瀅瀅一隻胳膊。

「老頭，給我滾，夫人最喜歡的是我。」

南華老人拄杖怒吼，聲如洪鐘：「妳這一身是毒的丫頭，別碰老夫的心肝寶貝！」

「哼！你的心肝寶貝？夫人是我的才對，連夫君也是我的，你這死老頭趕緊入土為安吧！」

「老夫要活到百歲，比彭祖還長壽，等著替妳掃墓！」

一老一少瞬間又吵起來，把從小學習尊師重道的百季看得目瞪口呆，不敢置信。

在一片吵鬧聲中，瀅瀅安之若素的回頭解釋：「小季，這位是琦妙，是莫名的師妹，也是大陸上知名的毒皇。」

百季聞言倒抽口氣：「……傳說中殺人如麻的毒皇？」

「她殺很多人嗎？本夫人不清楚欸！只知道她每次和莫名對打都輸……」

「……」

百季想，某方面來說，也許瀅瀅府中的鬼醫莫名才是最厲害的人物……

跪在地上的青衣少年起身，走到兩人面前端端正正的行禮。

「楚夫人，您好。這位是……？」

他看著百季，語帶遲疑。

百季猜想，他應該就是瀅瀅說過的南華老人弟子——柳眉夜。

瀅瀅笑咪咪的回答：「這是新兒子，小季，過來叫人。」

「……叫什麼？」百季一臉狐疑。

「什麼話，人家眉夜已經有妻子了，你還是一個沒結婚的小孩子，稱對方一聲『柳哥哥』很合理啊！」

一個將屆而立之年的男人喊一個未滿弱冠的少年「柳哥哥」？

百季：「……」

瀅瀅不明就裡，連聲催促：「快叫啊！」

「我不要！」

「不聽娘的話，你現在立刻下山。」瀅瀅雙手扠腰，立刻威脅。

百季怎容許自己錯過偵查的過程？猶豫許久，以壯士斷腕的態度開口：「柳……哥哥……」

他覺得自己的節操已經碎了一地。

柳眉夜驚訝道：「夫人，您什麼時候……又有新兒子了？」

瀅瀅樂呵呵的回答：「路上新收的。」

柳眉夜驚問：「兒子可以這樣隨便撿隨便收嗎？」

百季：「……」這問題他也想問……

三人寒暄完，百季不浪費半秒，立刻打算插入主題。他用手肘推推正在關心柳眉夜是否吃飽的瀅瀅。

「夫人……不，娘，應該辦正事了吧？」

「正事？什麼正事？」瀅瀅轉頭，一臉疑惑。

「就是那個啊！」

「哪個？」

「我們上來前說的那個！」百季拚命擠眉弄眼，認真暗示。

瀅瀅恍然大悟，轉頭過去看著柳眉夜，兩行淚就下來了。

「你這孩子聽我說，山下的南華城突然流行起怪病，結果萬國甜點百匯的展覽館封館，本夫人千里迢迢、跋山涉水、不辭辛勞的來到這裡，就是為了嚐一嚐大陸上所有的甜點，結果咧？現在全破滅了，你說怎麼會這樣嗚嗚嗚嗚嗚……」

她說到最後泣不成聲，哭倒在柳眉夜懷裡。

百季：「……」

他伸手把正哭得傷心的某夫人拉出柳眉夜懷裡，面對面咬牙切齒的說：「夫人，我們要講的應該不是這個吧？」

瀅瀅抹著眼淚，「沒錯啊！就是因為萬國甜點百匯展覽館封館才上來。」

「……那為什麼會封館？」

「因為有怪病……」

「為什麼有怪病？」

「因為有人下毒……」

說到這裡，瀅瀅恍然大悟，慌慌張張的扭頭，撲上前去揪住柳眉夜的衣領。

「孩子~大事不好了，你先冷靜下來聽本夫人說！經過調查，城裡的人說是有人在南華山上的泉水置毒，山下的人喝了全都中毒，其實不是怪病，本夫人剛才說錯了……」

柳眉夜一臉困惑的說：「泉水有毒？但我們天天喝，一點事也沒有！」

百季問：「所以這表示泉水是流經這裡以後才有毒的嗎？」

柳眉夜點頭贊同，「應該是如此。」

「敢問柳公子，這陣子有見過什麼下毒之人嗎？」百季問道。

柳眉夜和瀅瀅一聽，同時扭頭看著又和南華老人打起來的毒皇琦妙。

「看招！」

琦妙手一揮，撒出大片毒粉。

南華老人揮舞枴杖旋轉，帶起勁風，把毒粉全都往反方向吹，只見一片淡黃色的粉末飄散在遠處的山澗中。

百季：「……」

瀅瀅：「……」

柳眉夜：「……」

真相，水落石出。

好不容易把吵得不可開交的南華老人和琦妙分開，一群人進屋坐下，桌上的氣氛卻為之暗潮洶湧。

「來，大家喝茶。」柳眉夜一派好媳婦模樣，乖乖燒水泡茶，杯子放在瀅瀅和百季面前時沒事，接著把杯子往南華老人面前一放——

「嗯~喉嚨好癢，咳咳咳！」琦妙立刻清喉嚨。

柳眉夜手上的茶杯轉了個方向。

這回輪到南華老人了，「啊~~嗯，咳咳咳咳！」

瀅瀅和百季啜著熱茶，看柳眉夜的杯子在南華老人和琦妙之間轉來轉去，等到茶都變溫了，還是沒人喝到半口。

百季看得不耐煩，想著自己是來幹一番轟轟烈烈的事業，可不是來看公公大戰媳婦，而丈夫夾在中間左右為難的戲碼，一股熱血衝上頭，他倏地拍桌而起。

「各位，我們還是切入正題吧！南華城中有大批的民眾亟欲求解藥，既是兩位打架造成的結果，解鈴還須繫鈴人，請兩位下山解毒賠罪吧？」

南華老人聞言，臉色立刻拉下來，「小娃娃，毛長齊了沒?也敢來指使老夫？」

琦妙跟著接口：「瞎眼、失聰、變啞巴，我允許你自己選一個。」

百季當下氣弱的坐了下去。

瀅瀅見自己的「新兒子」被欺負，立刻放下茶杯，氣嘟嘟道：「現在南華城中有大批的民眾急著要解藥，既然是你們做的，當然要認錯，下山解毒賠罪啊！」

此話一出，效果卻截然不同。

南華老人立刻陪笑，一派慈祥，「好好~瀅娃娃別生氣，老夫看了心疼……」

琦妙也睜大眼，氣焰全失，「夫人，您千萬別向師兄打小報告，師兄會滅了我的。」

百季無語了，這明明是一樣的話，怎麼從不同人嘴裡說出來差別這麼大?

「但是在下山解毒之前，我必須先宰了這個阻礙我婚事的臭老頭。」琦妙指著南華老人，陰惻惻道。

「來啊!老夫不怕!」

南華老人一拍桌，瀅瀅很機警，迅速把茶杯端起；百季無防備，桌子嘩啦啦碎一地，他的茶杯也跟著碎一地。

百季朝瀅瀅咬耳朵：「……夫人何時這麼機敏了？」

瀅瀅小小聲回應：「哦～沒什麼，本夫人家也常常換桌子……」

百季忽然覺得，文官世家果然是好些……

不過，這件事總該有個結局。在瀅瀅出面調停下，南華老人終於勉強接納了這個會使毒的媳婦，卻加了一條但書。

「但是老夫不能隨隨便便同意，只要能在夏日慶典的活動中拔得頭籌，老夫就同意他們倆的婚事。」

南華老人說著，突然不知為何笑起來，樂呵呵的摸著白鬍子。

眾人面面相覷——

活動？什麼活動？

第五章

南華國每逢盛夏時節，定會舉辦夏日慶典，地點就在首都南華城。

慶典中有個熱門活動，稱為——「夏日公主與夏日王子選拔賽」。

參賽者以兩人一組，一男一女，不限制扮成什麼模樣，由五位應邀而來的貴賓當評審委員，但評審委員的決定只占結果的三成，剩下七成全部由觀眾投票決定。

雖然琦妙極不樂意，揮拳嚷著要把南華老人毒死，可最終還是在眾人一力勸諫之下打消念頭，跟著下山解毒。

於是，三天之內城內所有中毒的人全好了，夏日慶典也照常展開。

一年一度的夏日慶典會封起整條街與附近主要幹道，架起無數的大油紙傘，讓小販們在兩旁擺攤；為了增加慶典熱鬧氣氛同時降溫，由壯漢們組成的潑水小隊站在兩邊的屋簷上，不時潑下一桶桶涼水，引發下面無數歡樂尖叫。

南華國氣候炎熱，民眾們都穿得清涼暴露。尤其在慶典這一天，更是花招百出，竟有男人只在胯間綁片蓮葉遮住重點部位。

街道的最末端架起高臺，後面是四層樓高的花樓，權充參賽者的後臺。

百季和瀅瀅，也做了柳眉夜和琦妙的陪客。他們抵達時，後臺已經聚集了許多參賽者，因為更衣間不夠，有許多參賽者就地換起衣服來，絲毫不忸怩。更可見到許多女子僅穿著肚兜小褲，就在後面走來走去。

百季是第一次見到這麼大膽開放的作風，一時看得目瞪口呆。

不料琦妙卻突然憤怒的尖嚷起來。

「你看！你還看！你眼睜睜的看著別的女人！」

他看過去，琦妙氣得臉色發紅，大聲責罵柳眉夜，而柳眉夜雖一手掩鼻，卻掩不住鼻下兩管鮮紅。

柳眉夜慌忙解釋：「我沒有……我只是……只是……」

「還說沒有，都流鼻血了，竟然還撒謊！你說過一輩子只愛我一個，只看我一個，永遠對我好，絕對不變心，難道這些你都忘了嗎？」

「我沒忘……我只是……很少看見……」柳眉夜奮力解釋，但一瞄到脫得半裸的女人經過，立刻又鼻血狂流。

琦妙立刻沉下臉。

「我要毒死這些臭女人！」

說著，她就要動手，卻被柳眉夜一把抓住。

他一手摀著鼻血，一臉嚴肅的說：「夠了，別再這麼做，總是這樣胡亂殺人，妳開心嗎？」

琦妙當下眼兒就紅了一圈，氣咻咻的喊：「開心！超開心，我就是喜歡這樣，滿意了吧！」

說罷，從窗口掠身而出。

「該死！」柳眉夜低咒一聲，也跟著摀鼻跳出去。

百季把一切盡收眼底。

「……」

他求助的眼神投向瀅瀅，對方正罩著面紗吃黑糖涼粉，一臉無辜的回望他。

「……他們走了，怎麼辦？」

「本夫人也不知道。」

「那我們也走吧？」

「……啊？要走了嗎？可是這裡免費供應的涼粉很好吃……」

百季只得又坐下。

等啊等，等瀅瀅吃到心滿意足，正挺著小肚子要起身時，幾名工作人員走進來，皺著眉頭在大廳找了一圈，最後視線落在瀅瀅和百季身上。

「原來你們在這裡，七百六十四號參賽者，就要輪到你們了，怎麼還沒換衣服？」

百季錯愕：「你們弄錯了，我們不是參賽者。」

滿臉鬍子的工作人員一臉不耐煩的指著瀅瀅說：「她手腕上都掛著參賽木牌，怎麼不是你們？」

百季震驚的看去，見瀅瀅手上有塊食指長的小木牌，上面燙金的字印著：七百六十四號。

瀅瀅：「啊！這個是剛剛琦妙進去換衣服前要我保管的，但她還沒換完就跑走了……」

「總之，請你們兩個快點換衣服，就要輪到你們了！如果自己沒有帶服裝，這邊也有大會免費提供的衣服可以換。」

工作人員催促著，為他們隨意挑了衣服，連人帶衣扔進更衣間內。

百季丈二金剛摸不著頭腦，已經被人催著換了衣服。

他再出來時就完全換了造型，赤腳，全身型的藏青無袖上衣加短褲，揹著個竹簍，一柄小鋤頭道具，頭上頂著斗笠——活脫脫是一採藕工的造型。

刷的一聲門簾一掀，某夫人喜孜孜的走出來。

「小季，好看嗎？」

百季本只是一瞄，竟看得出神。

瀅瀅身上一襲翠綠色的上衣，兩邊無袖，露出白皙近乎透明的手臂；雖沒露出腰間肌膚，但貼合過度的強調出纖細腰肢，反而更使人心猿意馬；下面是荷花色的短裙，潔淨光潤的兩條腿兒出來見客，同樣赤腳，戴著兩枚金鈴鐺的腳環。她手上拿著一朵道具荷花，活生生就是從水裡冒出來的荷花精。

百季三秒回神，瞬間把瀅瀅推回更衣間。

「去換掉。」

被推著的瀅瀅不明就裡，「難道這套不好看嗎？」

「……太暴露了，不符合大榮國的女子風格。」

「喔呵呵，沒關係，有道是入鄉隨俗，本夫人很能理解。」

「妳不理解！」百季提高音量，滿頭冷汗涔涔。

他會被楚府那六個當家們滅掉的！

瀅瀅揪起眉，十指扳住門框死也不肯進更衣間，眼兒水汪汪。

「但本夫人好久沒參加慶典了，參加一下，就穿一下下就好，好不好，小季？小季……」

「不行！」

「……你是個壞兒子！」

「這招沒用了！」

「不肖子。」

「哼！」

「專門欺負娘。」

瀅瀅眼淚汪汪，活生生一小可憐；百季逼人換衣，活生生一惡霸。一旁的參賽者紛紛聚攏過來，壓低音量議論紛紛，那指責的目光讓百季直冒冷汗。

百家幾百年的清白名譽，就要毀在他手上了，還是扣上「不孝」這一大不敬的罪名——想到這裡，他猛地撤回手。

「好！我們參加，參加！行了吧？」

瀅瀅聞言，喜逐顏開。

「小季你最好了。」

她正要往外走，卻被百季捏著肩膀轉回來。

百季面色沉重，宛如即將奔赴沙場血戰不歸的勇士。

「但我還想活命。」他道，最終在節操和被人五馬分屍的威脅中做出選擇。

「啊？小季你說什麼？」

「妳把衣服……脫下來！」

＊　＊　＊

臨時搭起的高臺前，人山人海，臺上書生與女鬼裝扮的二人組受到熱烈歡迎，頻頻對眾人拋媚眼，臺下喊得很激烈，甚至還有人自製大型看板，上面寫著「媚媚我愛妳」。

這女鬼頗有幾分姿色，又敢露，走動之間短紗裙一晃一晃，引得下面觀眾的視線也跟著上下移動。

主持人說得口都乾了，好不容易才把七百六十三組請下臺，連忙調整頸上的大紅結，嘖著口水，氣運丹田往後一指——

「讓我們歡迎第七百六十四組，荷花精與採藕工的組合～」

瞬間，場下聒噪的群眾都安靜下來。

率先走出來的是個嬌小的採藕工，本來是短褲的衣裳穿在她身上變成七分褲，兩手拖著竹簍，彷彿竹簍有幾十斤重，一頂大斗笠遮住半張臉，只隱約可見秀氣的淡色脣瓣。最引人注目的是兩條光光的臂膀與小腿，白皙纖細到近乎透明，纖塵不染。

南華國陽光烈，一般民眾的皮膚都曬到黑得發亮，從沒見過這樣細緻到像水的白皙肌膚，當下所有人都愣住，場上一片安靜。

人群最前方，身為評審團一員的南華墨先是雙眼圓睜，接著以袖掩脣，掩住一聲竊笑。

小採藕工走到舞臺中央，扔下竹簍左顧右盼。

「咦？小季呢？」

她嘟嘟囔囔著，又晃著小腦袋跑回後臺去。

主持人也看傻眼，忘了阻止她。

半晌，她又現身舞臺前，還拖著另一個人的手，對方抵死不願出來，她拱起身子，把全身的力量都用來拖住對方。

「小季，別害羞，上臺而已，快點……」

對方抵不住她的拖行，終是踉蹌的跌了出來。

骨肉均勻、穠纖合度的身材，肌膚細緻白透，竟與採藕工不相上下，「叮鈴叮鈴……」腳踝上的腳環隨著他的動作脆響，只比小長工高半個頭，翠綠上衣，荷花裙，披散下來的黑髮，眉眼精緻，雙頰羞紅，散發幾分盈盈的美感。

僵硬的動作雖少了女子柔媚，卻青澀撩人。

臺下沉默三秒，倏地爆出震天喝采。

「好！好採藕工，好荷花精，太精采了，我以後看不到怎麼辦？」

「這是歷年來我看過最美的荷花精！最俏的採藕工！」

本來舉著「媚媚我愛妳」看板的人也迅速扔開看板，朝臺上瘋狂吼叫。

「太美了！」

「夏日公主和王子，不用選了！」

本來一臉志得意滿的第七百六十三組見此景，臉上滿是錯愕。突然，女鬼搶上臺，對採藕工和荷花精戟指大罵。

「妳們喪失資格了吧！」

採藕工不開心，一摘斗笠，絕豔的臉蛋露出，臺下瞬間抽氣聲四起。

「什麼意思，本夫人哪裡喪失資格，妳這個小姑娘倒說說？」

「哼！這還用說，比賽規定要一男一女組隊參加，妳們兩個都是女的，分明喪失資格！」

瀅瀅眨眨眼，看向身旁的「荷花精」。

美麗的荷花精鐵青著臉，從牙縫中擠出一句話：「妳瞎了？本少爺就是一純爺兒們！有人規定這不能男扮女裝嗎？」
那嗓音讓現場炸翻——原來這美人，竟是男兒身！
眾人不由得把視線齊刷刷往小季的胸脯上掃去。
啊～怪不得是一平胸。
扮成荷花精的小季鐵青著臉，連個微笑都擠不出來，拖著瀅瀅就想下臺。
「既然都上過臺了，我們走！」
瀅瀅被拉著，還一臉不甘心，頻頻回頭。
「可是小季，這個女的好凶……本夫人想替天行道。」
「不行！」
百季白著臉，堅持往高臺邊走，但底下陷入瘋狂的群眾見他們想走，全部湧了上來，把高臺擠得水洩不通，好幾個人甚至衝上高臺，想對他們動手動腳。
「別走，再讓我們多看一下！」
「哇～這麼美，就算是男人，本公子也不介意……」
「本少爺想要那名俏長工！」

「混蛋，全都閃開！」

百季吼著，卻氣勢全無，和瀅瀅兩人一抱成團，縮啊縮，被逼到高臺最角落。

南華墨見情勢不對，連忙站起身指揮一旁的官兵：「快去維持秩序！把人救下來！」

但觀眾太多，就連官兵也擠不進去，有好些無辜的觀眾也被人潮擠傷了，在一團混亂中大聲號哭。

百季看著一雙雙逼到眼前的大手，驀地一陣噁心，人影浮現腦海，幾個字滾到嗓子口，無預警的滾出來。

「混蛋上官傲！這種時候你是死哪去了！」

每每他有困難時，上官傲都該趕來才對！

突然兩抹身影竄進來，落在他們身前，輕盈迅捷、雷厲如風，在最前排的色狼們還來不及反應，人已經呈拋物線飛了出去。所有站在高臺上的人無一倖免，全都飛出去，成為人海中的一小黑點。

百季愕然瞪大眼，不了解這種峰迴路轉，但是瀅瀅卻從他身後飛撲而出，往那兩個人影衝過去，喜孜孜的一把撲入來人懷中。

「楚軍、楚翊，你們來了！」

為兩人擊退眾多色狼的人不是別人，正是楚府二當家楚軍，以及楚府最小的當家楚翊。

——他們來了，那是不是代表……

百季急急往臺下一搜尋，人群中站著五個他所認識的身影，除了楚府的人以外，還有一個是他特別熟悉的——上官傲。

上官傲看著他，仔細的從頭看到腳，無一絲遺漏。

百季忽然渾身一個冷顫……

高臺上，正上演滿天飛的戲碼。

一個接一個瘋狂粉絲衝上來，一個接一個變成空中飛人，楚軍左手攬著瀅瀅，右手不得閒，打退一個又一個的敵人。

而百季被楚翊護在身後。

楚翊扭過頭朝他笑著，笑得一臉無辜天真，「百大人，請小心安全。」

百季點點頭，下一瞬間看見楚翊一個掃堂腿，前排的人手拉手飛了出去。

「……身為一個文官，其實本官反對暴力……」他弱弱道，可惜沒人理他。

楚軍、楚翊打了一陣，人潮仍前仆後繼而來。

楚翊皺眉不悅道：「真煩，沒完沒了，南華國的人怎麼這麼難打退？」

楚軍仍然肅著一張臉，四平八穩道：「南華國的人是出了名的熱情和纏人，不容易死心……不過這樣下去也不是辦法，畢竟我們也希望和平解決事情，暴力不好。」

百季聞言，忙認真點頭，一臉景仰。

「楚大將軍不愧是大榮國最高軍事領帥，見解中肯。暴力絕對不能解決事情！」

楚軍瞥了百季一眼，右手一拍腰間，清水南華劍鏗鏘出鞘，燦亮刺眼的銀光炫惑了所有觀眾的眼，人人不由得抬手一擋。

楚軍憑空握住劍柄，凌厲的掃了臺上臺下一圈。

殺氣瀰漫，眾人安靜。

「……想死的上前。」

眾人：「……」

瞬間人潮退卻三步，每個人都臉色發白，憑著生物的本能瞬間察覺出生命危險。

在一片肅穆而殺氣騰騰的氣氛中，樂呵呵的笑聲與鼓掌聲突兀響起。

眾人齊刷刷看過去，凶手是一臉嬌媚狐豔的某夫人。

瀅瀅：「楚軍好棒，剛剛大家退後退得好整齊，像潮水一樣，能再來一次嗎？」

某將軍瞬間化為繞指柔，那股殺氣化為春水，臉色軟下來。

「可以。」

「哇～楚軍你最好了。」瀅瀅說著，摟著楚軍的脖子，就往他臉頰上啵下一個大大的響吻。

楚府其他當家殺人的目光瞬間投向楚軍——只見楚軍泰然自若，握劍淺笑。

「全部退後！」

雖是笑，那眼神卻充滿威脅。

眾人不敢有違，齊刷刷往後退了一步、兩步、三步……接著集體轉身逃走，饒命啊、殺人囉之類的話喊得滿天飛。

整條街上瞬間空無一人，風捲過草團，呼呼的在地上滾。

楚明負手，慢悠悠的領頭走上來，他朝著瀅瀅爾雅微笑。

瀅瀅尷尬的回以一笑，手卻更緊的攬住楚軍的脖子。

「嗨……楚明……」

「瀅瀅，南華國好玩嗎？」

「……呃……還不錯……只是還沒參加萬國甜點百匯……」

「私自逃家，違反家法，記得處罰嗎？」楚明又問。

瀅瀅忙把頭搖得像波浪鼓。

「不記得！」

「不記得的話就是沒背熟，那懲罰要重一倍。」

「啊我想起來了是禁止看戲三個月……」

「嗯哼，即日生效。」

「嗚嗚嗚嗚嗚嗚……」瀅瀅哭喪著臉，任楚軍將自己交到楚明懷裡，攬著楚明的脖子繼續嗚噎，卻沒有膽子違抗大當家的命令。

楚明轉頭看向百季，斂眉微笑，「百大人。」

「啊？」

「有人要親自處置你。」說著，楚明抱著瀅瀅往旁邊跨一步。

站在他身後，沉著臉的上官傲出現在百季面前。
百季的臉色發白了……

＊　＊　＊

百季被上官傲以老鷹捉小雞的姿態，一路拎進他下榻的客棧。
他身上罩著一件披風，遮住裡面的荷花裝，赤腳站在上官傲面前。百季為這局面不安得眼神頻頻閃爍，就是不肯正眼看上官傲。
上官傲坐在桌前，沉著臉不發一語。
百季按捺不住性子，正要開口，上官傲卻神準的看出他的意圖，搶先一步說出來。
「回去吧！」
百季訝異的抬起頭，對上上官傲淡定的眼神。
「什麼？」
「再怎麼不喜歡，也不至於要離家出走。太后那邊由我去說，兩家的婚事就當沒發生過。」

百季看著上官傲，心虛泡泡不住的泛出來，小小聲道：「說到底這件事是我不對，還是我去向太后解釋吧！」

「原來你也知道是你不對。」

「……」

「不過還是算了，我去向鳳仙太后說，還有生路，你去說，那是必死無疑，太后的飛劍最近可是越練越精了。」

上官傲篤定自持的話，聽在百季耳裡卻不是滋味，他霍地抬頭，雙手環胸，態度高傲的睥睨上官傲。

「一人做事一人當，我身為一頂天立地的男子漢，絕對不會讓別人替我頂罪，這事情與你無關，我自己去向太后認錯！」

上官傲皺眉道：「我去。」

「不！我去！」

「我去。」

「我去！」

「你這是在彆扭什麼？」上官傲一臉不解。

「哼！誰彆扭了？你可以去向太后說，我就說不得了？竟敢小看我，我也是堂堂未來的……史官，憑什麼輸你？」

上官傲看著百季，眼中一動，忽而深深一嘆。

「小季，你要跟我爭這種沒意義的勝負到什麼時候？」

第一次見上官傲說出這種近乎示弱的話，百季愣住，本來想說的話瞬間忘了大半。

「怎……怎麼會是沒有意義的勝負？贏了你，我的人生才能繼續往前！告訴你，不要以為你永遠都能贏，人生沒有這麼幸運！」

「那麼我辭官。」

「……什麼？」

「我不想再參與這種沒意義的爭奪，我退出，你去找別人。」

百季一下竟慌了手腳，結結巴巴道：「你……你這是想不戰而敗？」

上官傲沒理睬他，自顧自的說下去：「而且我一旦辭官，你好歹是史官世家，沒有官職在身的我，太后就不會想亂點鴛鴦譜把我們湊成一對，這樣正遂了你的心願，不是嗎？」

「啊？」百季張大嘴，不可置信，猛地一搖腦袋，「那……那你辭官以後……要幹嘛？」

上官傲聞言微微一笑，「我娘年紀大了，總嫌花錦城吵雜，一直想找個地方靜修，我應該會帶她到偏東一帶的地方生活，聽說那裡風景秀麗，空氣清新，最是養人。」

百季垂下眼睫，不吭聲，心中彷彿一團雜揉糾纏的毛線。

解除婚約、上官傲辭官，然後……他要搬走了嗎？

上官傲把他的反應看在眼裡，一挑眉，「捨不得我走？」

百季像被踩了尾巴的貓，迅速跳起，「哼！笑話，我才不會捨不得！要走快走，你走那天我一定會放鞭炮慶祝。」

百季以為會上官傲會一如既往的毒舌回來，但他卻沒有。

上官傲只是淡笑。

「是啊！你只會高興而已。」

百季心中莫名泛起無比的罪惡感……

同時間，在門外偷聽的楚府一家子，男人們全都露出一臉鄙視。

而瀅瀅則是滿臉疑惑，細聲細氣道：「奇怪……但是上官夫人不久前才告訴本夫人，說他們在城東買了間新房子，準備要換新家，就在同個城內，本夫人怎不知道城東的空氣就特別清新，風景特別秀麗了？」

＊　＊　＊

一群男人逮著了「逃妻們」，沒有多作停留，立刻著手安排回國事宜，兵貴神速，隔天兩人就被拎上馬背。

瀅瀅哭鬧了一陣卻毫無作用，本來應該和他站在同一陣線的百季，卻因上官傲的一番話影響，臉上笑容全失，成天出神。

南華墨身為一國王子不能隨意張揚，但也私下來送行。

離開那天，瀅瀅圍著披風偎在楚殷肩上抽抽搭搭的哭，南華墨視線在瀅瀅和立在一旁牽馬的楚軍身上轉了一轉，嘆息道：「可惜啊可惜～怎麼不留一個給我，男女不拒。」

……很玄的一句話。

「萬國甜點百匯……」

轎內不時發出嗚嗚的哭泣聲，惹人側目。

楚海望著身旁的轎子，一臉不忍心。

「娘……不，瀅瀅還要哭多久？」

楚殷答道：「照瀅瀅的性子，哭到家都沒完沒了。」

楚明利眼一瞪：「還不都是你們平時慣了她，再不許這樣。」

楚殷瞟了眼楚明，道：「我說過最近繡閣不忙，可以陪瀅瀅留在南華國玩玩，大哥偏生要回國，還不是為了丞相國事繁忙，自己走不開又不讓人走，假公濟私。」

左前方的楚翊轉過頭，笑咪咪的接口：「其實啊～我一直覺得大哥和五哥能當上大榮國的丞相和國師而大榮國不滅亡，大榮國的國運真的很好。」

「小弟，我告訴過你口舌奸巧之輩最容易有報應吧？」楚風淡道。

「五哥都還好端端的，我自然不怕。」

空氣中莫名有電流滋滋作響的聲音……

換作平時，百季看見這種光景，必定興沖沖的提筆，今日卻一臉興致缺缺。

——以後，再也看不見上官傲了。

他心中不由得輕輕一擰，往與他策馬並行的上官傲看去，心中有股重重的失落感。

從來沒有想過上官傲會離開，以為兩個人就是一輩子的死對頭了。

而且不管誰先死，另一方一定都會跑到那人的墳前大笑三聲，他以前想著那個場景就火冒三丈，可現在若是沒了上官傲，他竟不能想像自己往後的生活。

覺得寂寞，無以名狀的寂寞。

「欸……上官傲。」

「嗯？」

「如果你辭了官，想做什麼？」

上官傲想也沒想，自在回答：「開個學堂。」

「學堂？」百季詫異的睜大眼。

上官傲別過臉，對他微微一笑。

「即使大榮國再怎麼和平，還是會有照應不到的地方，仍有不少孩子因意外失去父母，流離失所，又或者家境貧困，無法供給孩子們上學。我希望能提供這些孩子們一個機會。」

百季想著，自己似乎從來沒想過成為史官以外的可能性。又或者，他也沒想過上官傲竟有這種想法。

「……唔……那這門婚事結束後，你還打算娶妻嗎？」

這回上官傲勒住馬，想了好一會兒才說：「應該會吧！畢竟我是家中獨子，娘應該會為我再尋一門婚事。」

說到這裡，上官傲又笑，「要是成了親，就不能再陪著你比賽，畢竟還有家庭的責任在。」

「那如果我們成親……我只是說如果，你還會繼續和我比賽下去嗎？」

「我們既然要解除婚約，這問題不成立，不需要浪費時間思考。」

上官傲一句話，把百季堵得無話可回，只得悻悻然的繼續策馬往前。

中午時分，由於到下個城鎮還有段距離，楚明讓眾人都下馬休息一會兒，幾個食盒打開鋪在地上，豐盛非常，有一整盒滿滿都是點心，引得瀅瀅也下了轎子，抹抹眼淚開始吃點心。

百季雖機械性的動著筷子，眼睛卻跟著上官傲轉來轉去。

瀅瀅看得疑惑，扭頭去和楚殷咬耳朵。

「怎麼，百季看上官傲的眼神，好像上官傲欠了他錢。」

「……瀅瀅，妳的比喻能再好些嗎？」楚殷品味最佳，聽了這等比喻，不由得大皺其眉。

「能，那上官傲看百季的眼神，好像百季是一條美味的燒鵝腿。」

楚殷沉默半晌，道：「好吧！這形容已經不能再傳神了……」

上官傲吃到一半，一搖水壺，發現裡頭空空如也，霍地站起身。

「我的水沒了，剛看見附近有小溪，我去裝一點來。」

一直盯著他的百季想也不想，脫口而出：「那我跟你去！」

「你腳程太弱了，還是不要。」

「我行的！那九千六百五十四級階梯我都爬完了！」百季站起來，非常認真道。大言不慚的強占那位揹著他爬上後面八千六百五十四級可憐樵夫的功勞。

「跟得上就來吧！」上官傲淡瞟了他一眼，轉身欲走。

「上官大人、小季，馬上的水囊裡還有……」

瀅瀅正要說話，楚明一掌摀住她的嘴，小小的瓜子臉幾乎完全消失在楚明的掌下。

直到百季和上官傲消失在樹林深處，楚明才放下手。

「楚明，你幹嘛摀住我的嘴？」

「總不能讓妳壞事。」

「壞事，我做了什麼壞事？向來我都是行得正坐得直天地良心，堪為人母……人妻之表率……」瀅瀅一臉認真，小腦袋甩來甩去來回掃視眾人，但六個男人很有默契的紛紛舉筷，把菜往她的小盤子裡堆。

「多吃飯，少管事。」楚明道，順道摸摸她的頭。

很少被嚴厲的大當家如此溫柔對待的某夫人當下心中喜孜孜，乖乖埋頭苦吃……

第六章

百季小步的跟在上官傲身後，心裡煩悶，一不留神，竟被腳下的亂石絆了一下，整個人往前撲跌。

「啊呀——」他嚷著，卻沒照預料的摔到地上，反而撲進暖烘烘的胸膛。

他抬頭，對上上官傲的眼。

林中的風，瞬間靜止。

上官傲神態平靜的鬆手，把他推起來。

「走路小心點。」

百季嘴裡囁嚅了下，想說聲謝謝，但多年來習慣鬥氣，這句「謝謝」滾到舌尖竟怎麼也說不出口。

「我……我又沒要你救我！」

「嗯。」上官傲淡應，沒搭理他，逕自走遠了。

百季看著他的背影，沒來由心慌得厲害，好像上官傲就要這樣走掉，再不回來，他連忙抬腿追上，硬是超過上官傲，跑在前面。

他邊跑，邊得意洋洋的斜眼道：「哼哼，現在看是誰的體能差！」

「嗯。」

上官傲給了一個單音節，語氣和神情始終四平八穩，目不斜視繼續走。百季看得沮喪，跑到他身邊又叫又跳。

「你為什麼不跟以前一樣和我說話？欸！上官傲，我在叫你！」

上官傲停下腳步，深深一嘆。

「百季，我說過，再也不能陪你玩這些沒意義的勝負。」

「哪裡沒意義？分明是你贏了就想跑對吧？」

百季很堅持，咬死不放鬆。

「假使你那麼想贏，那我可以提供你一條方向，楚明丞相事事都贏過我，要是你能贏得了他，不就等於贏了我？那你也無所謂與我分勝負了。」

百季霎時錯愕，愣在當場。

贏了楚明等於贏了上官傲，這邏輯上確實沒有錯——但為什麼他從來沒有轉過這個念頭，只一心一意的想贏過上官傲呢？

他思忖的同時，上官傲已經越過他去取水，百季發了一陣呆想通了，又迅速追過去。

「我這個人很有原則，腳踏實地，從來不想一步登天，所以要一個一個贏過去才行！」

上官傲蹲在小溪旁，把水囊放進水中，水面上咕嚕咕嚕冒起幾個氣泡。

他瞇眼遠眺，漫不經心的回應：「好，那隨便你。」

百季喉頭一哽。

自從十歲以後，上官傲就再沒對他說過這種話，今日一聽，他卻聽出了其中的冷淡，當下眼圈就不爭氣的紅了。

他也不曉得自己在難受什麼，只覺得心口一陣酸，一陣軟，一陣失落。

「上官傲你……」

百季正想說什麼，上官傲卻倏地面色一變，扔開水壺轉身把他撲倒，百季的後腦勺重重往下磕，撞在軟呼呼的肉中，半點不疼。

「別動！」

上官傲喘著氣，表情猙獰，額上的汗滴滴落下，流到百季的臉上。

「你幹嘛……」

百季掙扎著要起來，兩手卻被一扯，強制壓在頭頂上。

「……別動，有人埋伏！」

一句話讓百季停止掙扎，全身僵直，一動也不敢動。

但等了好一會兒，始終都沒有動靜。

「看來，似乎沒事……了……」

上官傲說著，語氣卻越來越虛弱，頹然的軟倒在百季身上。

「上官傲！上官傲！欸！你怎麼了？」

百季掙扎，發現這回自己的手輕易掙脫，他伸手去撐上官傲埋在他胸口的臉，只見他臉上白得沒有一絲血色，整個人也軟綿綿的，全然昏厥。

「這是怎麼回事？」

百季慌亂得手足無措，扭動身體爬出半個身子，剛坐起來，他立刻驚呆了。

上官傲的背上，筆直的插著一枝白羽箭，鮮豔的血跡濡濕了他的衣衫，在背上不住的擴大。

百季吸氣、再吸氣、最終撕心裂肺的號了出來——

「上官傲！」

當瀅瀅一干人聞聲趕到時，只見百季趴在上官傲身上，痛哭失聲。

「別死啊！混蛋上官傲！」

＊　＊　＊

在楚明的指揮下，上官傲被迅速送到最近的城鎮醫治，那枝箭深入後心，傷勢不輕，雖沒有性命之危，卻要好一段時間才能療養好。

房內瀰漫著藥味，已經包紮完傷口，喝下止痛湯藥的上官傲臉色蒼白的躺在床上，雙眼緊閉。床邊除了百季以外，還有瀅瀅和楚家當家們。

百季靜靜的不發一語，只是緊緊握住上官傲露出被外的手，死死盯著上官傲的臉，不肯錯失一分一毫。

瀅瀅看著昏迷不醒的上官傲，靠在楚殷身上，已經哭得兩眼紅泡泡。

「怎麼會發生這種事，竟然有人要暗殺副丞相？」

楚軍正細看從上官傲身上拔出的箭矢，半晌搖搖頭，「我判斷，這應該不是暗殺事件。」

百季愕然回頭，問：「不是有人要暗殺他？」

楚軍點點頭，把箭矢在眾人面前轉了一圈，道：「若是要暗殺，必定以取對方性命為第一要務，自然力求暗器精良。一枝好的箭矢，準頭與羽尾之間的差距不能超過兩公厘，但這枝箭不但材質普通，在鍛造上也不用心，依我判斷，可能只是山中獵戶自製的箭矢……」

楚明聞言，微微一笑點頭，「看來這次很有可能是意外事件，山中獵戶狩獵時不小心把在取水的兩位當成獵物了。」

楚軍本來還欲說什麼，聽楚明這麼說，臉上閃過一絲疑惑，安靜閉嘴。

「現在上官大人最需要好好靜養，人多吵雜，我們在這裡也不方便，不然就輪流換班來看顧上官大人……」

楚明接著又道，卻被百季截斷。

「沒關係，我來看顧就好。」

百季一向表現得和上官傲水火不容，此話一出，眾人訝異。

百季這才發現自己脫口而出什麼，慌忙抬頭解釋：「其實那枝箭本來是對準我，如果他不把我撲倒，他也不會受傷。照顧他是……是因為我這人太有良心……」

——哦~太有良心？

眾人視線齊刷刷的放在百季和上官傲緊緊相握的手上。

楚殷最識趣，淡笑回應：「那就麻煩百大人了，我們的房間就在隔壁，有什麼問題，你只消喊一聲。」

楚家眾人一走，房內霎時安靜下來。

百季從水盆裡擰了一條溫帕子，仔細的替上官傲擦手。

「先說清楚，我可不會感激你。」

「……現在照顧你，我們就兩不相欠了。」

「算起來，也沒人叫你去擋箭，憑我的身手就能輕鬆閃開。」

「混蛋上官傲……」

他手的動作越來越慢，最後低下頭去，抵住上官傲的掌，淚水無聲流入掌心。

「如果你就這樣死了，我會很寂寞、非常寂寞的……」

半夜，上官傲就轉醒了。他睜開眼，一時還弄不清楚自己身處何地，一轉視線落在床邊，見百季正趴在床邊沉沉睡著。

慘白的月光從木窗格中照進來，在百季臉上照成一個九宮格。

上官傲見此，無聲的扯脣一笑。

他抬抬手，想去碰觸百季的臉頰，但百季始終握著他的手，他動一動，百季立刻轉醒，揉揉眼，視線迷茫，下一刻猛地睜大。

「啊！上官傲，你醒了！」

「嗯。」

「胸口痛嗎?很痛的話我去叫大夫來……」

百季說著，抽手欲走，上官傲卻又一把揪住他的袖口。

「別走。」

百季詫異回頭，只見上官傲表情溫和而虛弱。

「留下來，陪我。」

「你這種人還需要陪嗎？」百季悻悻然道，卻又在床邊坐下。

這靜謐的深夜，月光似乎融化了多年來橫阻在兩人間的尖刺。

「已經有許多年……你不曾像這樣待在我床前。」

百季聞言撇撇嘴，「那是當然啦！兩個男人待在一間房內，成何體統？」

「兩個男人有什麼不好，體統又有那麼重要嗎？」

不想上官傲突然反問，百季眨眨眼，訝異極了。

「你向來……不是比我還要拘謹守禮嗎?今天竟然說體統不重要?」

「……我拘謹守禮，那是在廟堂之上，要為眾人之表率……但我自己的感情，不應該被禮教束縛。」

我自己的感情？

這句話重重的撞了百季心坎一下。他望進上官傲熠熠發光的眼，驀地把聲音放柔，放下防備和尖刺。

「上官傲，我有個問題想問你，我只問你這一次，你能不能老老實實回答我一次？」

「……我從來都沒對你說謊。」

「你為什麼想要娶我？真的是因為……無法違背太后的意思嗎？」

百季等著，甚至因為過度緊張，手下不知不覺用力。

每一秒鐘，都比一刻鐘磨人——

上官傲忽地無奈一笑。

「我斷不會娶一個不愛之人。」

「……所以，你愛我嗎？」

「是，從十歲那年，一直到現在。」

「那麼久……上官傲，你是變態。」

聞言，上官傲笑著搖頭，「我這人什麼沒有，就比別人多點耐心。那你呢？」

「啊？」

百季沒反應過來，上官傲卻更緊的握住他的手。

「我也只問你這一次，就這一次，你老老實實的回答我，真的那麼討厭我，真的那麼不想和我成親嗎？」

這一次，百季盯著自己的鞋尖，猶豫了很久。

「我……不討厭你，但我也不想和你成親。」

「……為什麼？」

「一嫁給你，感覺我就全盤皆輸了，輸了這麼多年，最後連帥棋也被你吃掉，連點翻身的餘地都沒有。」

沒想到上官傲聞言，卻是朗朗一笑，「原來你是顧忌這種小問題，那很容易。」

「容易？你要怎麼解決？」百季狐疑。

「面子和裡子，你選一個。」

「有什麼差？」

「你糾結的既然是嫁到上官家來就矮了我一截，那麼反過來，我嫁到百家去。」

百季簡直不敢相信自己聽見的話！

「你．嫁．到．百．家．來？但你不是上官家的獨子嗎？你嫁到百家，上官家就斷了香火……」

「我們兩個成親，本來就不會有後。我早已和娘談好，我們領養的第一個孩子要繼承上官家，既然如此，不管我們誰娶誰嫁，結果都一樣。」

上官傲嫁給他？嫁給他？

那個萬人之上、兩人之下，總是臭著一張臉的上官傲嫁、給、他？

早上替他端水洗臉、伺候更衣，還要去向公婆奉茶，和自家大嫂團打成一片……這情景，真的是怎麼想……怎麼爽！

百季的喜形於色全落進上官傲的眼中，他噗哧一笑。

「那麼，你是想選面子囉？」

百季瞬間回神，豎起警戒。

「等等！面子和裡子是什麼意思，你解釋一下。」

「你要讓我矮你一截，也該付出點代價。給你面子，就是在有別人在的時候我聽你的；裡子代表只有我們兩人時，你聽我的。」

「……我想一下。」

百季想，一天十二個時辰，上朝就要耗去四個時辰，回府後還有大批僕人隨侍，除了就寢那麼短短的三個時辰至四個時辰，剩下的時間上官傲全部都得聽他的。

他迅速有了答案——

「傻子才會選裡子！我要面子，人無臉皮，天下不平！」

上官傲微笑，伸出右掌。

「那麼就說定了，我們擊掌為誓，誰要反悔了，一輩子都得聽對方的。」

「好！」

百季豪氣干雲，打了三個響掌——為著這個穩賺不賠的交易。

＊　＊　＊

外頭日光漸亮，上官傲也因為止痛湯藥的效用再次沉沉睡去，百季端著空碗走出門外，關上門的瞬間，忽然嘿嘿奸笑兩聲。

「喔呵呵！那宮女說得沒錯，愛情裡面先被愛上的人就是勝利者，上官傲竟然會做這種割地賠款的協議，真是太笨了。等著吧！我要把這些年全部的恥辱一個個討回來，第一個就先叫娘潑他熱茶……」

百季喃喃自語，端著空碗離去了。

旁邊的門立刻拉開一條縫，瀅瀅的小腦袋探出來，上面漸次堆疊了六位楚家當家。

楚殷一攤手，表情憐憫道：「雖說在愛情中，被愛的人就是勝利者，但百大人不了解，這主要還是以兩人的智慧分高低……」

楚風難得的評論一回：「從百大人想到的折磨招式竟然和瀅瀅一樣，就可以預見他的未來。」

某夫人沒聽懂，一臉困惑的問：「什麼什麼？你們在說什麼未來？」

楚軍皺眉抬頭，看向大當家楚明，「……大哥，我有一事不解。」

對於他的疑惑，楚明了然於心，負手站直身子。

「我知道你想問什麼，青天白日，百季當時又穿著一件顏色扎眼的披風，以山中獵戶的眼力，絕對不可能差到會把他看成獵物。」

楚軍點點頭，又道：「不只如此，上官傲大人雖會武，但也不過一般般，當時怎能反應迅速、未卜先知發現箭矢，先把百大人撲倒？」

楚明：「楚軍，你知道的太多了。」

楚軍：「……」

楚殷聽罷，也加入話題，滿臉不置可否：「這回大哥倒難得管閒事，竟明裡暗裡幫著上官大人，明明早發現有人尾隨跟蹤也不點破，在百季大人面前也維護他。」

楚明站直身，抬手揉了揉僵硬的脖頸，慢悠悠道：「以前往南方治水換得鳳仙太后賜婚，再來買通百府上下，還往人家祖宗祠堂的籤筒灌鉛，現在買凶刺殺自己……我怕再不幫幫他，下回他真把自己玩死了，這麼好的副手很難找。」

一臉狀況外的楚府三當家楚海聽到這裡終於明白了，舒出一口氣：「原來副丞相是這麼心機深沉的人。」

楚翊白了楚海一眼，「如果天下人都和三哥一樣，就都成了笨蛋了。」

楚海：「……」

瀅瀅始終沒聽懂，又沒人向她解釋，氣惱的岔開話題：「先別管那些了，那麼這是不是代表我們回花錦城可以吃到小季和上官傲的喜酒？」

眾男一齊點頭。

她笑咪咪道：「那太好了！不過～這次我該選誰陪我一起去呢？大家一起去，實在是太顯眼了……我們楚家作風向來低調不炫富。」

眾夫們迅速交換一個眼神，空中迸出激烈火花。

楚翊最先有動作，他眨巴著眼湊到瀅瀅身邊，「我很有空哦～帶我去的話，就附贈三根千年人參給上官大人補身。」

楚殷對此不屑的輕哼一聲：「補得太過，會七竅流血而死。新人新氣象，我就送他們一年的新衣。這可是打著燈籠也找不著的好處。」

楚海按著額角思索半晌，說：「最近撈上來的海貝真好吃，我可以送他們一大籃海貝！」

楚殷：「海貝有壯陽功能，看來三哥和小弟的想法是同一等級。」

楚海一臉茫然，楚翊卻勃然大怒：「誰和三哥想法是同一等級？這分明是一種侮辱！」

楚殷涼涼道：「誰答腔我說誰。」

楚翊：「……」

身為國師的楚風身無長物，兩袖清風，對瀅瀅的要求思索半晌，綻開一抹清冷的笑意：「我送一個祝福。」

二當家楚軍是最沒創意的，手按劍上，認真道：「一本絕版兵譜。」

試問，有哪對新人想要在新婚夜收到一本兵譜？難道要在新房內玩點兵點將的遊戲不成？對於楚軍這回答，眾人皆在心裡腹誹，但礙於人家是大將軍，武功又是所有兄弟中最高的，沒人堂而皇之的說出來。

眾人都說完了，只剩戶主楚明，大家眼神齊刷刷的看去，見他正雙手環胸對瀅瀅微笑。

「如果讓我陪妳去，就免去妳不能看戲三個月的處罰。」

瀅瀅立刻撲上前，笑膩膩道：「我要選楚明。」

眾當家們：「……」

楚翊忿忿不平，揮著拳頭抱怨，卻沒敢對戶主下手，「大哥，公器私用，這太過分了吧！」

楚明沒回答，揚眉微笑，抱著懷中的某夫人回房。

各位客官，千萬不要有任何綺念歪想，因為半晌後，房中飄出嗚噎的哭聲。

「本夫人不要喝藥啦……嗚嗚嗚嗚……」

戶主，是鞭子與糖果並行的～

＊　＊　＊

本來預計十來天就能回到大榮國，卻硬生生為了上官傲的傷勢延長成一個半月。

眾人回到國內時，大榮國國君榮艾先親自領著百官出城迎接，眼窩凹陷，憔悴如將死之人。他緊緊握住楚明和上官傲的手道：「丞相、副丞相，你們兩位以後千萬不要再離開本王，你們兩位對本王的意義，比世界上任何人都重要！」

站在榮艾先身邊的王后聞言，抬頭瞥了他一眼。但已經勞累到昏天黑地的某國君，完全沒注意到自家王后這大有深意的小眼神。

隨行百官們和看熱鬧的民眾倒是聽得清清楚楚，隔天，王宮三人行的流言不脛而走，花錦城內的閨女們聞此消息比他們宣布娶妻時更心碎，紛紛變心，成為南城雪無雙的粉絲。

百季和上官傲一回到國內，立刻著手準備婚禮事宜。

所有人都樂見其成，尤其百家夫婦見百季出門一趟回來，立刻回心轉意，態度一百八十度轉變，積極籌備婚事，都樂得合不攏嘴。

百季滿腦子想著成親後要如何整治上官傲，喜孜孜的成了親。

而兩人洞房花燭夜的晚上，百季總算深刻的體會到何謂「失了裡子」。

以下是節錄兩人部分對話——

「……上官傲，你在幹嘛……唔！住手！」

「不行。」

「混蛋，我可是你相公，你嫁給我就該聽我的！三從四德沒聽過嗎？別脫……唔……」

「是你自己不要裡子的，所以現在聽我的。」

「這算什麼裡子，不……呃……好痛！混蛋，你幹嘛！痛……我叫你住手沒聽到嗎？」

「一會兒就不痛了。」

「……」

接著是一串令人臉紅心跳的喘息聲。

紅燭高照，百季徹夜難眠，上官傲用又痛又難以啟齒的方式折磨他一晚。

因為那個誓約，他很不幸的成為永遠被壓著的那個；反觀上官傲，隔天神清氣爽的起床奉茶行禮祭祖，百家上下早已把他視作自己人，半點刁難也沒有。

百季卻起不來，在床上癱成一團泥，只能流淚。

他深刻的明白自己被欺騙了！

但為了維護尊嚴，他是寧死也不會對別人說出上官傲到底對他做了什麼。

就在兩天後他終於能起身時，傳來一個更令人驚恐的消息——

上官傲領受鳳仙太后的命令，將到南方治理水患，這一去至少要三、五年。

百季剛聽這消息，樂得只差沒放鞭炮。

但那宣旨的宮吏一句話就把他擊沉了。

「念及副丞相新婚燕爾，太后此次特別恩准家眷隨行。」

百季睜大眼，看著起身接旨的上官傲對他露出微笑。

——惡鬼！上官傲絕對是惡鬼！

他活生生被從安全而有家人環顧的百家帶走，到了人生地不熟的南方，而在那裡，只有一個上官傲與他朝夕相對。

百季簡直想哭……

而平安回到家的瀅瀅，在不久後展開百季從南方寄來的信一讀。

「上官傲混蛋！啊啊！此人是惡鬼，頭上有特角，身後有尾巴，手裡還拿著一根大棒子，惡鬼，終有一天要回到地獄去！」

瀅瀅用硃砂批了個「真情推薦」上去，再拆開下一封信，詫異的瞪大眼。

「咦？柳眉夜那孩子和琦妙順利成親啦！」

原來南華老人當初的條件，只說要他們拿冠軍回來，卻沒規定要本人得，那場夏日公主與王子競選活動，雖然最後一片混亂收場，重新統計時，票數卻一面倒的投給了瀅瀅和百季這組。

瀅瀅和百季已經回國，主持人只得通知琦妙和柳眉夜來領獎。

南華老人見他們真的捧回冠軍獎盃，無話可說，只得同意他們的婚事。

但南華老人和琦妙之間似乎還是互看不順眼，柳眉夜只得天天修桌子補椅子，不時還要注意一下南華城中是否又有異狀，忙碌得很。

「大家都有了好的歸宿，真是好事成雙。」

瀅瀅收起信，喜孜孜的站到窗前微笑，視線落在杏花樹上，目光驀地轉柔。

「楚瑜，你說對吧？」

「瀅瀅。」

外面有人揚聲一叫。

她轉身，提起裙子。

「就來。」

落花無聲，春風拂人。

這一片寧靜平和中，還是有一個不幸的人——

「大王，這是王后留給您的信……」

榮艾先展信一讀，臉色鐵青。

「聞君有兩意，故來相決絕？胡說八道，本王哪裡來的兩意？明明後宮獨寵她一人，她還有哪裡不滿意？」

旁邊的宮女弱弱一咳，提示道：「就您和丞相與副丞相的好事。」

「什麼好事？」榮艾先糊裡糊塗。

「您在兩人回國時那番感人肺腑的告白，目前已經被編寫成各式出版物，小說、話本、甚至天橋底下說書的都輪番說個不停，聽眾很多，現在舉國上下無人不知、無人不曉您與兩位丞相的斷袖之愛……」

「斷袖……之愛？」榮艾先的臉色漸漸發白了。

於是這成為大榮國史上的千古冤案……

受害者，大榮國第二十九代國君榮艾先，又再次踏上尋妻之旅。

真是可喜可賀！可喜可賀？

《百季篇・史官情史》完

楚瑜篇

我最最親愛的小狐狸

Beautiful stepmother and her six sons.

小狐狸

楚府六位公子一齊娶親的當晚，前院張燈結綵，車水馬龍，來參加喜宴的人潮川流不息，從早到晚，舉著火把的車隊在晚上將花錦城的道路裝飾成一條條會流動的銀河。

前院的喧鬧，與後院的沉靜成了強烈對比。

此時，後院最大的一棵杏花正燦燦開放，忽隱忽現的人影坐在其中，他背靠著樹幹，半闔眼遠眺前院的燈火。

喧鬧與寂靜，就像是生與死之間的對比。

他正想著，自己當初第一次見到她的情景……

＊　＊　＊

那年初雪剛下，他失去了第六任妻子。

他雖然稱不上為愛而生，卻也不是薄情之人，妻子的死，讓他傷透了心。他想，自己是不是有某種詛咒纏身，才引得這些摯愛的女子紅顏薄命？

那時他聽聞一位大師遊經大榮國，於是不顧大雪隆冬之際，漏夜前去拜訪。

徹夜趕路，到早上正好雪停，地上鋪了一層細細密密的白毯，映襯著上頭點點綻開的紅梅花，風送幽香。

他在梅林中轉了一圈，沒找到傳說中的大師，卻見到一小小身影。

小身子包在棉襖中，圓滾滾軟呼呼，齊肩的黑髮，髮尾內彎翹起托著一張粉白的小臉，雙頰和鼻頭都被凍得通紅。

她在梅樹下徘徊，探頭探腦，似乎是想摘梅花，卻又猶豫不決，伸手又縮回，眼巴巴的望著樹上的梅花，一邊踢著石子、一邊來回嘀咕。

她在那裡踢了半個時辰的石子，他也站在那裡看了半個時辰，最後竟忍俊不禁……

於是他走上前，伸手替她折了一枝梅花。

「我來幫妳吧！」

她沒有馬上接過，只是疑惑的看著他。

此時，兩人才第一次對上眼，他看著女孩的雙眼，呼吸無預警的一滯。

那是他見過最美的眼，澄澈明亮，無辜而嬌媚，像隻幻化成人形的小貓精、小狐狸。

小女孩鼓起臉頰，問道：「妳是誰？好漂亮。」

「要問別人的名字之前，應該先告訴別人自己的名字才對吧？妳叫什麼名字，小狐狸？」他答，把那枝梅花塞進她手中——本就是為她而摘。

她揮舞著梅花枝，毫不害羞的說：「我叫瀅瀅，那妳呢？」

「我是楚瑜。」

「楚瑜？大姐姐，妳的名字好奇怪。」

「大姐姐？」

他笑起來，彎身蹲在她面前。

「我不是大姐姐，我是男人。」

「騙人，哪有這麼漂亮的男孩子。」

「不是男孩子，我離男孩子已經很遠了，我是個男人。我的大兒子看起來都比妳大了。」

「瀅瀅不小，我今年已經……九歲了。」她比出九根手指頭，驕傲道。

「我都可以當妳的叔叔了，還說自己不小。」

「好啊！我喜歡漂亮的叔叔。」

她喜孜孜的展顏一笑，驀地讓他心中微動。

只是一笑，就讓人覺得春天回來了一樣。

「我來找大師，妳知道大師在哪裡嗎？」

「知道，大師在梅花林中。」

「妳能不能帶我去找他呢？」

「那抱我過去，我不想走了。」

女孩說著，伸出兩條小臂膀，全然信任的看著他。

他斂眉，伸手抱起她軟馥馥的小身子，因為驀然改變的視角，她開心的格格直笑。

於是他也跟著笑了。

後來他才知，原來這女孩叫做瀅瀅，因為她擁有屬於上一世的記憶，為周遭的人所不容，無名大師才把她帶在身邊，但卻沒有收她為弟子。

無名大師說：「她與佛無緣，就同楚瑜大人一樣。她的命運與太多人糾葛，無法斷除，而楚瑜大人這一生的命運與天下人的福禍相倚，所以您也與佛無緣。」

他聞言，心裡嘆息。

若這女孩真的進了佛門，恐怕佛也要動凡心。只是這女孩，以後會如何呢？

大師道：「……有緣之人，自能改變她的命運。」

「那她要等到什麼時候才會遇到那個人呢？」他忍不住問。

大師微笑看著他，「楚大人憐憫她嗎？」

「在下只是想到自己的兒子也跟她一樣大，不由得心生惻然。」

「看來她跟楚大人倒是很有緣分。」

面對這句話，他卻只能苦笑：「我嗎？大師您別說笑了，在下都死了六任妻子，而且她這年紀都能當在下的女兒了。」

「緣分有很多種，世俗人總以為只有一種；不過，要知道是什麼樣的緣分，其實只有等時機到了、開花結果的那一瞬間才會明白。老衲只知道您跟這孩子有緣，卻不知道你們會結出怎麼樣的果。」

說這句話時，瀅瀅手裡捧著朵梅花，蹦蹦蹦的跑到他面前。

「楚瑜！你快看，我接到掉下來的花了。送給你！」

那是朵怯生生、含苞待放的梅花，不知為何竟先一步掉落，他看著掌中，看得出神，嬌嫩的花瓣染上她的體溫，在掌心中熨貼。

那麼易折，又那麼讓人心醉。

他收攏手，試著壓下心中的躁動，對眼前人微笑。

她是個可愛的，讓人心動的女孩。

但他想，這輩子，他是不可能再愛上任何人，他連自己身邊的人都無法守護住，又有什麼能力改變她的命運呢？

能改變她命運的人，大抵不會是他……

到了他啟程回府那天，瀅瀅哭得一把眼淚一把鼻涕。

他哄著，答應要送給她許多衣服和糖果，瀅瀅卻一勁兒的哭，揪著他的領口，把頭埋在他的肩膀上，像是要把一生的淚水都流盡。

「……我不要那些，楚瑜，留下來好不好？」

「不行~還有人在等我回家。」

「那你帶我走好不好？」

「這也不行……」

「為什麼？」

當那雙水潤潤的貓兒眼直勾勾的望向他，他驀地心中一陣酸軟，無法回答。

最終，她還是乖乖讓大師牽著目送他離開，雙眼哭得紅泡泡。

「楚瑜！」

她在他身後喊，委委屈屈。

他停了停，又繼續走。

「楚瑜！」

這回聲音更大，帶著哽咽。

他閉上眼，深吸口氣，最終轉頭過去，朝她展開雙臂，「過來，小狐狸。」

當她撞進他的懷裡，就注定成為他一生的掛念。

為了要讓瀅瀅擺脫不屬於這個世界的記憶，無名大師封印了她先前所有的記憶，從此以後，忘了過往、忘了父母，她只記得自己叫瀅瀅，是在楚府中的小侍女。

他再一次與她相見，相識。

望著她天真而信任的臉蛋，他想，他要做她一輩子的好爹親，等她長大，再成為她最信任的好兄長。除此之外，再無其他……

但時間證明，人總是自欺欺人。

三年後，瀅瀅十二歲，越發美豔的容貌、逐漸長成的身段，她就像逐漸綻開的緊閉花蕊，雖然青澀，但飄出的芬芳已引得府內一干男僕人為之傾心。

但瀅瀅全然不懂，每天只跟在他後邊，他看書，她守在旁邊跟著看；他練武，她跟在旁邊端著茶；他出門，她就站在門口引頸期盼。

這樣不造作而單純的心思落在有心人眼裡，流言傳過悠悠之口，變得越發難聽。說她想麻雀飛上枝頭當鳳凰，說她想靠著那張臉迷惑楚府當家，入主楚府成為楚夫人……

他聽著這些風言風語，沒說什麼，卻吩咐郝伯，把這些傳過謠言的人全轟出府去。他鮮少插手管府中的人事，此舉震懾府中眾人，從此再也沒人敢亂嚼舌根。

他教她讀書寫字、陪她共賞春景冬雪，他以為自己不過把她當個小女兒在寵，卻忽略了自己給她的一切，早已多出那些兒子太多太多。

十三歲的春日裡，瀅瀅忽然紅著一雙眼來到書房。

他訝然，停下批閱帳簿的筆，問：「怎麼了，誰給妳委屈受？」

「郝伯……」

「郝伯怎麼欺負妳了？」

「郝伯說你要把我嫁出去！」她紅著眼認真道。

「……瀅瀅，這樣不是欺負，郝伯說的是事實。男大當婚，女大當嫁，妳再兩年就及笄，也該尋個好夫家，最近我確實有為妳物色些對象……」

「嫁出去，是不是就再也不能回來，再也見不到你了？」

他溫和一笑，擱下筆，招手把她叫到身邊。

「瀅瀅，嫁出去不代表妳和這裡斷了聯繫，只要妳願意，還是能把我當成妳的爹爹或者兄長一樣，這裡就是妳的娘家，當然隨時都能回來。」

「嗚嗚……可是我想和楚瑜永遠在一起，郝伯卻說，只有丈夫才能永遠和我在一起……」

這幾句話，驀地讓他心中一沉。那個全心全意攬著自己，在自己手中一步一步長成的女孩，就要屬於別人了……

最終，他還是恢復理智。

「瀅瀅，郝伯說得沒錯，婚姻大事不能任性，乖乖聽話，好嗎？」

瀅瀅紅著眼，無預警的大嚷：「楚瑜為什麼要這麼說？楚瑜最討厭了！」說完便倏地跑走，背後飄起兩條絲帶，宛如振翅欲飛的蝴蝶。

他頹然躺進椅背中，一手摀著眼，重重的嘆息。

本以為事情會這樣落幕，但隔天一早他聽見外面一陣吵雜，剛半撐起身子，瀅瀅就散髮赤腳、披著單衣奔進內室來，咕咚一聲跳上床，雙眼閃閃的往前傾，直逼到他面前。

「楚瑜，我想到了。」

「嗯?想到什麼?」

「你不是我爹，也不是我兄長。」

「……但是像爹一樣……」

「血緣上，我們一點關係也沒有。」

「……這……」

瀅瀅倏地笑開來，天真的拍起手來。

「那你娶我，我們就能永遠在一起了，好嗎?」

「……」

當下他覺得眼前一黑，這麼多年來的忍耐好像都在瞬間土崩瓦解。

等他回過神來，與期待萬分的瀅瀅眼對眼，他伸手，很冷靜的握住她的肩膀，猛地往後推，拉開彼此間的距離，語氣仍然一如平時，溫和沉穩。

「瀅瀅，我不能娶妳。」

「為什麼?」

「我大妳太多。」

「巷尾的王大爺去年剛娶，六十娶十六，你還去喝喜酒。」

「在我心中，一直當妳是我的女兒一樣，沒辦法娶妳。」

「但你也說過，人心是最善變的。」

「……」該死，他實在教她太多。

瀅瀅期待的看著他，等了幾秒後才開口：「那你現在改變主意，想要我了嗎？」

他撫著額，深深嘆息，「不行，瀅瀅，我不可能娶妳。」

從那天起，瀅瀅照舊每天纏著他，但除此之外，她每天也會問上一句——

「楚瑜，你娶不娶我？」

他哭笑不得。他想，這一定是因為他對這個女孩存著不屬於親情的感情，所以才會遭此折磨，既甜蜜，又無奈。

她每天每天不死心的問，他也每天每天的拒絕。

春去秋來，那年夏天，瀅瀅已滿十四歲。

這天他下朝，卻不見瀅瀅倚門而望的身影，他心下古怪，叫來郝伯一問，卻發現她用過早飯以後就不見蹤影。他叫來府內眾人一一問過，竟然沒有人再見到她，只聽廚娘說她打包走一大堆點心。

他當下坐立難安，想著她也許上街去了，勉強到書房批了兩本帳簿，卻心浮氣躁，數字連連出錯；想看書，卻一個字也讀不下，只得在房內來回踱步。

終於按捺不住，他吩咐人去搜找，結果在她房內找到一本看到一半的植物圖鑑，中間有朵花被特別圈起。

「金木連希花，原生南方，花開並蒂，量少而珍，傳說是一有情花，得此花送給自己的意中人，就能情投意合，恩愛與共。」

他當下悟了瀅瀅到底幹什麼去，立刻派出府內的侍衛到處尋找，但在城中仍遍尋不著她的蹤影，幸而有目擊者指出，見到她往附近的嶽山而去。

刻不容緩，他立刻派人大規模搜山，但嶽山的範圍太大，人力不足，遍尋不著，天色逐漸暗了，烏雲密布，甚至下起滂沱大雨。

他看著天空，心急如焚，想著她如今不知躲在哪裡瑟瑟發抖。

「郝伯，拿我的披風來。」

「啊？爺，您這是……」

「我也要去找她。」

在郝伯詫異的目光下，他策馬上山，徒步尋找，最終在一個腐朽的樹洞中找到她。她渾身被泥水沾得骯髒不堪，粉白的小臉根本看不出原先的樣貌，身上還穿著他送給她的鹿皮短披風，同樣也是慘不忍睹。

他重重的放下心，又旋即繃起臉來，伸手去拉她。

「小狐狸，妳別胡鬧！大家都在擔心妳。」

「我不回家我不回家！只要我找到花你就會娶我！」她卻不，尖叫著躲開。

「那不過是個鄉野傳說！」他怒斥。

「我不管啦！人家就是要你娶我！」最後，她哇哇哭起來，一邊哭還一邊強調：「楚瑜，我要和你永遠在一起！」

永遠這個詞很長，他的每一任妻子都對他說過，但沒有一個人兌現承諾，而今再聽見，他竟有些懵了。

「瀅瀅，當妻子可不是吃糰子這麼簡單。」他道。

她卻只抬起一雙濕潤的眼看他。

「我能為你做到的。」

我能為你做到的——

他心中一震，終於忍不住展臂把她緊緊擁在懷裡。

在她的眼裡，他看不見一國丞相、看不見一國首富、也看不見「楚瑜」這個名字，她是真真切切看著他，即便她說不出愛情的道理，但她的眼裡、心裡，卻比誰都率直得明白。

這場拉鋸戰，他輸了。

也許從見到她的第一眼起，他就沒贏過。

大師曾經說過，人的緣分有很多種，不過要知道是什麼緣分，只有等時機到了，開花結果才知道。

他把兩人的婚禮拖延到她十六歲時，想給她，也給自己時間。

正逢青春，她宛如盛開的花，心境如同飛舞在花上的蝴蝶般善變。也許在這兩年內她就變了，以後會央著他解除婚約。

而他，也需要這兩年，或許能沉澱那種狂熱，能在兩年後發現，這不過是從對一個小女孩的憐憫中生出的淺薄愛情。

可他沒想到，她沒有給他這個機會。

從她成為他的未婚妻那一刻開始，她一改過去的散漫，成天跟著郝伯團團轉，學習打點府內上下事務，真心要成為楚府的女主人，學著對帳到深夜，累極睡著了，臉頰就壓帳簿頁面上。

每當他抱起在書房睡著的她，看見她臉上印著的墨跡，他不禁想：這樣的女孩，誰能不愛呢？

有時，她被抱起會朦朦朧朧的醒來，見是他，臉上綻出一個十分甜蜜的微笑，兩手圈住他的脖子，臉貼臉的靠在他的肩上。

與她在一起，是甜蜜而舒適的，她是名為瀅瀅的甜美空氣，芬芳的融入他的生活中。

就連那六個兒子，也一個個的對她心悅投誠。

沒人知道，最後他變得比她還渴望婚禮的到來，兩個人的緣分，終於開花結果，成為男女之間最圓滿的結果。

然而，他卻只當了她半個晚上的丈夫，新婚夜臨時領兵出征，遭人暗算，墜落山崖……

在黑暗中，他想起大師的話。

原來，這就是他們緣分的終點。

他沒有死，被北蒼國的太子蒼狼救起。

當他自深沉的昏迷中睜眼看到蒼狼時，同時也明白無名大師的那句話——

他的命運與天下人福禍相倚！

曾經，他對第一任妻子蒼娣許下承諾，許她一個未來，還許諾她，終有一天要和她一起到北蒼國，找回這個國家的春天。

而今，他必須實現這個承諾。

蒼狼把他藏在別院，躲過北蒼國國君的搜索，秘密找來許多名醫替他診治，但所有的名醫都只是搖一搖頭，說他傷重過度，藥石罔治，即便用珍貴藥材養著，也拖不過半年。

他聽見了，蒼狼的臉色也越發沉重。

「楚瑜大人，我很抱歉……」

「你不用在意。」他笑道，整個人陷在被褥中，「讓人把我所需的資料都送進來吧！」

他拚命把握醒著的每一分每一秒，翻閱資料，查找地脈，為北蒼國尋找新的活路，訂定百年計畫，但他醒著的時間卻是越來越短。

睡著比醒著多，他明白，也許某次閉眼之後，自己再也不會醒來，而那個某次，屈指可數。

蒼狼每隔三、五日就來看他，與他討論計畫，徵求他的意見。這天，談完話，蒼狼卻沒離開，坐在床前，臉上難得浮現猶豫。

「楚瑜大人想知道目前楚府的情況嗎？」

他停下翻閱書籍的手，抬頭微笑。

「……他們應該都很好。」

「我還沒說，您怎麼會知道？」

「我每晚都看得見的。」

他抬起頭，伸手探向半空中。

「看見我的小狐狸，為了周全那個家，四處奔波，看見她努力學習著不熟悉的一切，看見她逞強的穿起自己不習慣的朝服進宮，我都看得見，她正在南方為我撐起一個家。」

蒼狼看著他，默然無語。

「夫妻同心，我自然不能讓她丟臉，我要在北方撐起一個國家。」

蒼狼看著他，滿臉不苟同，「楚瑜大人，我有一事不解，您名滿天下，為何要娶這樣一個小女孩？就算聽聞外人道，她容貌傾城傾國，但您過去的六任妻子，又有誰不是如此？難道真如外人所說，讓狐狸精迷了心竅？」

「咳咳……就算你是蒼娣的姪子，也不能這樣說她。」他道，視線望向窗外。

「但如若不是這場婚禮，興許您現在也不會……」

他不愛聽，柔聲打斷蒼狼的話：「她的好，沒有與她相處過的人，不能明白。曾經我以為，自己是改變她命運的人，現在我才明白，被改變命運的人是我。」

「您愛她……勝過蒼娣姑姑嗎？」蒼狼問。

他沉默了下，才答：「無法比較，但除了男女之愛以外，我把其他的感情也一併給了她，我給蒼娣的，只是單單純純的男女之愛。若你就單樣來比較，也許我愛蒼娣比她多些，但總和來說，我愛她，勝過任何人。」

蒼狼沉默的離開了。

五個月後，開始邁入冬季，他的身體也到達極限，睡著的時間比醒著多，雖然努力不睡著，但一想集中精神，眼皮就開始沉重。

蒼狼盡其所能，房內放著許多燒熱的炭盆，溫暖如春，但睡在床上的他，手腳卻冷得像是剛從大雪中歸來。

「楚瑜大人，請您再堅持一下，只靠我是不行的！」

蒼狼跪在床邊，緊緊的握住他的手。

他聞言一笑。

「終歸我是南方的人……北蒼國太冷了，我不習慣……」

他說著，視線落向大雪紛飛的窗外。

「此時楚府中，一定盛開著許多梅花。這裡太冷，連梅花都無法生存吶……」

重傷的身子彷彿冰冷沉重的鉛塊，每天醒著都是折磨。

他舒出一口氣，轉頭對蒼狼微笑。

「我累了，要睡了……」

「楚瑜大人！」

「如果我再沒醒來，你就扮成我的樣子到大榮國去吧……我曾經對我的妻子說過，不管是什麼形式，我都會去見她，當她看見你，就會明白的。她是個心很軟、很善良的人，你盡可以請求她的幫助……」

「她怎麼可能與您相比！」

「呵呵……我聰明，只聰明我一人；她聰明，是讓所有人向著她。遲早你會明白的。」

他閉起眼，倦極而眠，終於放鬆精神上的枷鎖，倏地覺著身子一輕，意識沉入黑暗中，沒有寒冷與痛楚，他終於能睡個好覺。

但有人不讓他睡，遙遠的呼喚，自南方而來。

「楚瑜！」

「回來好不好？」

「楚瑜……你在哪裡？」

一聲比一聲急切，那是記憶中的甜蜜嗓音，卻飽含心碎。

他在黑暗中爬起身，無奈一笑。

他的小狐狸，他那愛撒嬌、纏人、讓人受折磨又心甘情願的小狐狸，正坐在滿是梅花的林下倚樹而盼，哭著等他回家。

「瀅瀅。」

他輕喊著，穿越結冰的大地、崇山峻嶺、川流不息的長河，回到那個滿是梅香的家中。

她躺在床上，雙眼緊閉，眼淚卻從眼角流出，右手堵在嘴前，就怕發出一丁點嗚噎引來眾人注意。

她比記憶中更美了，歲月讓她從含苞待放的花蕊，成為綻開的香花。

但眉間卻染著本不屬於她的愁緒。

——那都是為了他。

他在床上躺下，透明的身軀，自背後環抱她，輕聲道：「在這裡呢，瀅瀅，我就在這裡！」

然後她終於沉沉睡去……

＊　＊　＊

「爹！」

有人喊道，把他自記憶中拉回。

他往下看，見到一身新郎官紅袍的楚風。

「你穿這樣，讓我想起你娘，宛如開在雪地中的紅蓮花。」

楚風的臉色稍稍柔和了些，「謝謝爹的讚美。」

「你是來催促我的嗎？」他笑。

這五年來，只有楚風一個人明白他的存在。

楚風垂下眼睫，「死者本該安息，爹卻仍徘徊世間，這樣下去，終將消散在天地間，我無論如何也不能允許。」

「看來你這孩子比以前話多多了，是瀅瀅的影響嗎？」

楚風聞言淡淡一笑，「是。而且從今以後，我們會負責起她的一生，爹再也不用擔心了。」

「唉~還以為是來與爹話別，沒想到是來趕情敵的。」他道，半真半假。

其實對這六個兒子，他是妒嫉的。

妒嫉他們擁有的年輕、擁有的生命，擁有他再也無法觸及的未來。

但五年了，他也該對瀅瀅放手，就像瀅瀅也對他放手，嫁給了這些孩子們。

「風兒，最後再幫為父一個忙好嗎？」

＊　＊　＊

大婚喜房內，身為新嫁娘的瀅瀅正捉著貼身侍女香鈴，面色泛白。

「夫人，您是怎麼了，剛剛不是還很開心的嗎？」

「香鈴，我好怕。」

「夫人在怕什麼？」

「他們會來嗎？當年……當年楚瑜也是這樣，然後我就在房裡等了好久……好久，可是楚瑜就再也沒回來了。」

香鈴眼中霎時浮起一抹心疼，傾身把瀅瀅抱在懷裡。

「傻夫人，當年是當年，已經過去了，不會再發生，諸位爺只是在前面敬酒，很快就會進新房了。」

香鈴正說著，房前卻傳來輕敲。

「香鈴姑娘，麻煩妳出來一下。」

「好的。」

「香鈴！等等……拜託不要走，不要留我一個！」

「奴家很快就回來，夫人別擔心，很快的。」

香鈴安撫著，卻又急急忙忙推門出去，只留下瀅瀅一個，坐在床邊不安的絞扭手指。

驀地門外響起腳步聲，有人推門進來。

「香鈴妳……」

瀅瀅驚喜抬頭，話卻乍然停住。

那不是香鈴，甚至也不是楚府的六位當家，像是從記憶中跳出來的俊雅面孔讓瀅瀅瞪大眼。

「楚……」

白衣男子把一指點在她唇上，阻止她說出下一個字，俯身輕道：「瀅瀅，對不起，竟然讓妳等了這麼久。」

她淚如泉湧，又哭又笑，掙扎著要去摸他，卻被人反手捉住，下顎托起，溫軟的觸感貼在唇上，啟唇加深了這個吻。

她閉上眼，承受這一切，淚水從眼角滑落。

唇上壓力一鬆，她睜開眼，只見無數杏花的花瓣在房內盤旋，花瓣帶起一陣漩渦捲出窗外，消失在夜空中。

瀅瀅坐在床邊，呆呆的摀著自己的唇，香鈴推門進來看見，慌忙奔過來拿手絹替瀅瀅拭淚。

「夫人怎麼哭了？這大好日子不該哭……不對，是不能哭啊！」

瀅瀅低頭抽一抽鼻子，忽然仰頭燦爛一笑。

「是啊！好日子，不能哭。」

生者活之，死者安息，即便鬆開手，也不代表感情會消失——

月圓，人團圓。

《楚瑜篇．我最最親愛的小狐狸》完

蒼狼篇

親親吾兒

Beautiful stepmother
and
her six sons.

吾兒

北蒼國的王宮門官最近有個新的困惑——

自從新任國君登基以後，每半個月都會從大榮國寄來一封信，收件人上寫著「親親吾兒」。

他第一次看見，還以為是惡作劇書信，正要拿去扔掉時被王宮總管看見，三步併作兩步搶走信，以供神主牌位的姿態把信舉在頭頂上，一路拿進國君蒼狼的書房裡。

但是全北蒼國都知道，國君蒼狼的母后在生他時就難產而死，哪來的又一個「娘親」？

他疑惑，卻被總管往頭上猛敲一記，訓斥道：「多聽少說，方為生存之道。」

但每每國君收到這封信，當天的心情就會特別好。

「主上，您的信。」

「知道了，就放那兒吧！」

「是。」

門官恭敬退出書房，卻見到蒼狼放下批閱的奏摺，率先拆起信來。

那究竟是哪來的「娘親」？

歸於安靜的書房中，蒼狼展信細讀。

親親吾兒：

近來可好？你遠在北方，又身負一國之君重任，為娘的十分掛心，記得早晚多穿衣裳，多吃甜食。

雖說外頭春暖花開，鳥語花香，但為娘最近心情不美麗，莫名給為娘開了一種新藥方，說是溫補身子，卻要禁絕甜食，楚明命令郝伯通知全府上下，最近連做菜都不撒糖嗚嗚嗚……

前陣子去了南華國一趟，果然是富饒無比，人民異常熱情，但太過熱情也讓人害怕，最最傷心的是南華國舉辦的萬國甜點百匯，為娘是衝著這個展覽去的，結果沒參加到就回來了，最終還是怪楚明他們不好……

最近娘吃甜食吃得太少，出現失眠、缺氧、貧血、頭髮長長等戒斷症狀，你是個好兒子，替娘寄些人參果來好嗎？楚明他們在北蒼國都沒什麼吃，估計也不知道人參果是甜的，替娘寄個一箱解饞，記得！收件人要寫春桃或秋菊，不能寫本夫人！

要成為一個賢明的國君哦～娘永遠支持你，榮譽七號兒子。

娘親　楚瀅瀅

看完信件，蒼狼忍不住噗哧一聲笑了出來。

「大模大樣的說自己是娘親，真是，也不想想自己年紀比本王還小……」

他往後靠在椅背上，手中仍握著信紙。

閉上眼，那天的情景彷彿又歷歷在目……

十六歲那年，他秘密出訪大榮國，一是想為蒼娣姑姑掃墓，二是想見一見名滿天下的楚瑜丞相。然而，他還沒拜見到楚瑜一面，卻見到了她。

耳邊用簡單的珠花點綴，黑髮如瀑散下，少女從他藏身的草叢旁輕快的跑過去，當下讓他呼吸一滯。

那是他所見過最美的女子，美得像是狐狸精幻化而成，眼中卻有著最純然無辜的天真。

她身穿對襟杏白裙裳，鵝黃腰帶，奔跑之間，露出白裙底下的一點點粉色內襯。

見到從書房內出來的男子，她忙不迭奔上去。

「楚瑜！」

然後在對方面前緊急煞車，乖乖站定，她抬頭道：「你娶不娶我？」

男子臉上有片刻僵硬，旋即無奈的放鬆下來。

「……我不能娶妳，瀅瀅。」

「喔！」她不哭，也不鬧，更沒上吊，只是點點頭，一臉沮喪，小腳丫踢著石頭，巴達巴達的走開。

……就這樣？

他站在草叢後，一臉詫異。

男子望向他的方向。

「我知道你在那裡，出來吧！」

他走出草叢，男子往他渾身上下掠過一眼，淡淡微笑。

「你和蒼娣很像。」

學富五車，胸懷廣闊，待人和善，謙卑有禮，容貌……更是恍如天人。

那是他和楚瑜的第一次見面，第一次見到這個無緣的姑丈，他是訝異的。

若以那少女與他相比，一是天上謫仙人，二是傾城妖豔花。

八竿子彷彿湊不著的兩人，生命卻奇異的有了交集點。

他在楚府秘密待了七天，每天早上都見那少女飛奔而來，認真問道：「楚瑜，你娶不娶我？」

她有小女孩的嬌蠻執拗，卻有更多不依不撓的長期抗戰決心。

楚瑜一次又一次的拒絕，他看在眼裡，都不由得佩服起楚瑜的意志力，也對那女孩興起一種莫名的愛憐。

只是這份感情太幽微，不過是在他人生中點起的一個小小漣漪。

回國不久，就聽見楚瑜有了新的未婚妻。他想，果然英雄難過美人關，楚瑜這樣賢明的人，終究也被美色所惑。

直到與她再次相遇——

「從今天開始，你就是我的榮譽兒子七號了！」

當她握著他的手，信誓旦旦如此說，當下他領悟了楚瑜的話。

為什麼只有她可以把春天帶來這個國家？

因為她本身就像春天一樣，溫暖宜人。

可惜她是南方的春華，他是北方的君王，南方的花栽在北方，是要凍死、枯萎的。北蒼國這地方，注定留不住她。

但是……

蒼狼揚一揚手中的信紙。

「春風還是每半個月，就吹來本王這兒一次呢！」

他淡笑，忽而揚聲一喊：「衛竹！」

門官應聲推門而入。

「小的在。」

「吩咐下去，把新摘的人參果裝好一箱，送往大榮國。」

「啊？這這這……主上，人參果乃是我國特有珍稀果類，只得為王族食用，今年人參果產量減少，爬遍滿山摘取所得也不過三箱，您竟然要送一箱到大榮國？」

蒼狼揚眉，不置可否。

「對，你有什麼意見嗎？」

「但但但……這人參果只得為王族食用啊！」門官汗了，仍堅持規矩。

「怎麼不是王族？」蒼狼道，唇上有絲微笑，「那可是我娘。」

門官：「……」

——主上的娘不是躺在陵寢了嗎？

但這句話，門官沒膽子拿自己的頭當賭注問。

「那敢問……收件人要寫？」

蒼狼一瞟窗外，「唔……那就這麼寫吧！『親親吾娘，孝子蒼狼敬送』。」

嗯……偶爾他也想氣一氣楚府那六個讓人妒嫉的傢伙啊！

《蒼狼篇·親親吾兒》完

惡搞篇

小媽最喜歡的是？

Beautiful stepmother
and
her six sons.

最喜歡

炎炎夏日的某天，楚府來了一名自西域跋山涉水而來的神秘商人。

小麥色的皮膚，長圍巾把全身包起，下方只露出一雙尖頭布鞋，臉上鑲嵌著兩顆黑炭炭的眼，隨時都閃爍著奸詐的笑容。

他帶來了大量的珍奇物品和西域糖果，可把酷愛甜食和喜歡稀奇物品的瀅瀅樂壞了，大手筆全部買下，那商人高興到眼睛瞇成縫，離去前多奉送一盞黃銅油燈。

「好奇怪的油燈。」瀅瀅道，翻來覆去，把那異國風情的油燈看個遍。

神秘商人嘿嘿笑了兩聲：「夫人可別小看這燈，這可是一盞神燈，裡面居住著我國的精靈，雖然我從來沒見過，但聽說只要遇見有緣人，摩擦摩擦燈身，就能召喚出神燈精靈。」

「……神燈精靈？」瀅瀅雙眼睜大，不可思議道。

面對眼前絕豔的發亮小臉，神秘商人壓低幾分聲音：「看在夫人是個好客戶的分上，我再給夫人一點提示，最好要在午夜時分獨自召喚，這樣最能召喚出神燈精靈。精靈可以實現夫人的任何願望。」

「可是本夫人沒有什麼願望需要實現，生活很美滿……」

神秘商人：「……那至少可以觀賞一下神秘精靈，精靈很稀有。」

瀅瀅抱著油燈，肅起臉來，「好吧！」

當晚，瀅瀅堅持獨寢，認真的在午夜爬起來，坐在床上摸黑擦起神燈——

只摩擦兩下，濃煙從燈口不斷冒出，瀅瀅驚訝的瞪大眼，期待從濃煙裡出現傳說中的精靈，但濃煙只是越來越多、越來越多，把她整個人包覆起來。最後「澎」的一聲，油燈自瀅瀅手中滾落地面……

＊＊＊

隔天，天光大亮，秋菊進房推開床幔，微笑道：「夫人，該起……啊——」

瞬間瞠目結舌，面孔扭曲，秋菊失聲尖叫，貫徹楚府。

醒的、沒醒的、半夢半醒的侍女僕人們，全都瞬間彈坐起來，披上外衣頭頂鍋蓋手持木棒衝過來。

「有刺客嗎？哪裡？」

「奇怪，我以為是來抓老鼠。」

「夫人別怕，我們來了！」

連大腹便便的春桃都急呼呼的衝過來，身後還跟著睡眼惺忪的莫名，一進門就往床邊撲，一撩床幔。

「秋菊，夫人怎麼……」

爬滿在門邊、窗邊，人山人海的僕人們全都沉默著。

秋菊坐在床上，懷裡抱著個用被單包裹的小人兒，那潤麗水亮的貓兒眼，白嫩微紅的小臉鼓起，純稚無瑕。

「夫……夫人……」春桃一手護著腹部，用力喘起氣來，聲音發抖。

看外貌是瀅瀅沒錯，但……竟成了個七、八歲的女童！

女童轉轉眼珠，一臉困惑的在眾人之間來回梭巡，忽而皺起臉，眼兒水汪汪，兩條小臂緊摟住秋菊的脖子，放聲大哭。

「這裡是哪裡？你們是誰？爹娘在哪裡，瀅瀅要回家！」

眾人集體炸翻。

楚家夫人楚瀅瀅，不但一夜之間返老還童，甚至還……失去記憶！

接到消息，楚家六名當家集體火速返回，大事小事國事，都不比家事。

當六個男人看見被秋菊牽著，一臉遲疑走進內廳的小小人兒時，全都瞬間臉色刷白。

一旁的莫名聳肩道：「我已經檢查過了，夫人的身體沒有任何問題，只是不知為何竟返老還童，連記憶都退化到七、八歲。各位爺和我們，都不存在她的記憶中。」

說罷，他嘖嘖兩聲，「這真是醫藥無法解釋的領域……」

瀅瀅大眼掃了眾人一圈，立刻扁起嘴，扭頭抓住秋菊的裙子，把頭埋入。

「秋菊，他們是誰？妳說要帶我回家的！」

「這裡就是妳家啊，夫人！」秋菊一臉無奈，蹲下身輕哄。

「我不叫夫人，我叫瀅瀅。秋菊，妳送我回家好不好？」

委屈的大眼，鼓起的臉頰，嫩嫩的透著一絲粉紅，被那雙萌漾貓兒眼注視著，秋菊原本清冷的表情瞬間軟化，最終忍不住舉臂把小瀅瀅緊緊擁抱在懷裡，感動得眼圈發紅。

「好，夫人想去哪裡，就去哪裡！天涯海角，上刀山下油鍋，秋菊也陪夫人去！」

窗外的僕人聞言，紛紛齊聲附和：「我們也是！夫人，我們都陪您，別哭！」

喊聲震天，讓人感動，六個男人卻同時青筋一跳。

看來這妻子就算變回幼童樣，那破壞力是不減反增……

四當家楚殷是最早反應過來的，他一攏袖，擺出最優雅迷人的姿態，上前跪坐在小瀅瀅身邊，與之平視。

「瀅瀅。」

小瀅瀅聞言轉過頭來，嚇了一跳，但因為楚殷的態度柔和，相貌引人，不由得放下戒心。

「你是誰？怎麼知道我的名字？」

「呵，這裡所有人都知道妳的名字，因為這裡是妳家。」

小瀅瀅驚疑不定，眼兒燦燦，手下意識的又抓緊秋菊，「我……我家，這間房子就是我家嗎？那我爹娘呢？」

「妳爹娘……」楚殷眼兒一轉，反問道：「妳還記得妳爹娘的樣子嗎？」

此話一出，原本嚷嚷要找爹娘的小瀅瀅瞬間沉默，她思索半晌，最後眼裡慢慢湧出淚水。

「想……想不起來……爹娘……」

楚殷迅速悟了，俊雅纖秀的臉上綻開最無害的笑意，朝小瀅瀅伸出手。

「來，過來『哥哥』這邊。」

「……哥哥，你是我哥哥嗎？」

小瀅瀅疑惑，仍然乖乖伸出手，讓楚殷順勢抱起。

小蘿莉與俊公子，這畫面太具美感衝擊性，不少侍女少女心大爆發，噴著鼻血暈過去。

楚殷對小瀅瀅的疑惑微笑道：「當然啦！妳以前還說最喜歡哥哥，長大要當哥哥的新娘。」

「……真的嗎？可是……可是我不記得了……」

楚殷挑眉，更近一步。

「妳以前還很喜歡要哥哥抱，說哥哥身上好聞，不信妳聞聞？」

瀅瀅探頭嗅了下，雖然失了記憶，卻仍對楚殷身上的薰香有熟悉感，不由得笑逐顏開，像隻小貓兒一樣把頭蹭過去。

「對，好好聞，瀅瀅記得這個味道，你是哥哥。」

很快的，楚殷的身分拍板定案。

楚殷很滿意，抱著瀅瀅轉過頭，迅速分派角色。

他指著楚明道：「那個臉最臭，眉間好像可以夾死蒼蠅的人，就是爹。」

瀅瀅看見楚明黑了半邊的表情，嚇得更往楚殷身上縮。

「爹很好看，但似乎很凶呢……」

「對，妳以前最怕爹了，爹的方圓十公尺之內都不踏進去。」

「……那我娘呢？」

楚殷的視線在眾人身上轉了一圈，最後落在──臉蛋宜男宜女，肌膚雪白的楚風身上。

「那就是娘。」

楚風向來無表情的臉色變了，迅速投給楚殷憤怒的一眼。

小瀅瀅問：「……為什麼娘看起來像冰塊一樣？」

「……因為娘就是冰塊做的。」

「那旁邊那個配著劍，感覺也很凶，很高大的叔叔呢？」

「……那是侍衛。」

楚軍，堂堂楚府二當家，淪落到了侍衛。他想發作，卻礙於小瀅瀅全心信任著楚殷的態度，只得咬牙吞下。

讓失去記憶的瀅瀅，先入為主的認為這裡就是「她家」是現在最重要的事，自然，他們也不可能以「丈夫」的身分自我介紹。

畢竟對方現在才七歲……

小瀅瀅臉上逐漸有了光彩，喜孜孜的指著呆若木雞的楚海問：「那個……眼睛和頭髮顏色都好漂亮的是誰？」

眼睛和頭髮顏色都好漂亮？楚殷聞言，眼神一沉，若無其事的微笑回應。

「那是狗，叫小海。」

「……狗會用兩條腿走路嗎？」

「西方異種，長得像人的狗。」

楚海悲催了，連眾僕人都掩面不忍看。

「最後那是……」

瀅瀅的視線落到一臉無害的楚翊身上。

「我來自我介紹。」楚翊箭步上前，燦爛一笑，執起小瀅瀅的一隻手，「我是楚翊，妳的表哥，很遠很遠的那種，就算成親也完全不構成血緣上的問題。」說罷，他輕輕的在小瀅瀅的手背上吻了下，討好一笑。

小瀅瀅軟萌的道：「表哥？」

瞬間其他五個男人都能殺人了！

＊　＊　＊

根據楚風的判斷，瀅瀅中的是一種來自西方的咒術，暫時無法可解。但幸好，這咒術並沒有害人之意，更多的是惡作劇成分，過兩、三個月之後，會自動解除恢復。

在那之前，小瀅瀅就變成楚府中不能說的秘密。

她本人毫無所覺，每天開開心心的跑來跑去，純潔的萌笑軟化所有人的心。

有天瀅瀅不在，晚飯上，莫名忽然開口說了一句——

「各位當家有沒有想過，現在夫人的記憶是一片空白，所以她現在做出的判斷是最公正，毫無過去的羈絆，各位當家難道不想知道，夫人心中最愛的到底是誰嗎？」

瞬間，六個男人如遭雷擊，停下筷子……

莫名丟出這顆震撼彈後，自顧自的吃完飯，起身走掉。

外頭郝伯正守著，見到莫名出來，對莫名豎起大拇指。

「莫名大夫，做得好。」

「謙讓謙讓，不過是最近悶了，想試試殺人不見血。」

郝伯和莫名，這真可算是狼狽為奸……

小瀅瀅始終對楚明這個「爹」有莫名的畏懼感，總不肯親近。

楚明察覺，隔天府裡就多了好些歌女，成天唱著——

「世上只有爹親好~有爹親的女兒像個寶~」

小瀅瀅每天聽啊聽，也聽出困惑來。

「……為什麼大家都說爹爹好呢?那我應該要喜歡爹爹才對嗎?」

於是有天在花園裡遇到楚明時，她怯怯的盯著他，猶豫著該不該上前示好時，楚明卻無預警垂頭，朝她一笑。

那笑軟化了所有嚴肅自持，倏地讓小瀅瀅心花朵朵開，往前一撲。

「爹爹!」

「嗯。」

自此，楚明的狼子野心達成。

身為侍衛的楚軍，完全是個坐冷板凳的可憐球員。

但即使是冷板凳，也能找出自己的方法。

某天，小瀅瀅剛醒來，見有人在窗前站崗。

「楚侍衛?」

楚軍手裡拿著一朵藍牡丹，始終學不會甜言蜜語、羅曼蒂克的他，一臉嚴肅。

「花。」

小瀅瀅回以疑惑的一眼。

「送妳。」

再隔天，小瀅瀅醒來，又見有人在窗前站崗，這回楚軍手裡拿著剛出爐的艾草紅豆麻糬，看得小瀅瀅是雙眼閃亮。

「麻糬。」

「送我嗎？」口水直流，垂涎三尺狀。

楚軍聞言，表情柔和下來。

「對，送妳。」

冷板凳侍衛也在小瀅瀅心中搭上一席。

楚海淪為狗……

太讓人心酸，暫且不提。

四當家楚殷在這場勝負中可說是搶得先機，鋒頭占盡，溫柔文雅又纖秀，小瀅瀅特別喜歡讓他抱，連晚上也吵著要和「哥哥」一起睡覺。

某天兩人躺在床上，對話如下——

「瀅瀅。」

「嗯，哥哥。」

「喜歡哥哥嗎？」

「好喜歡！」

「那等妳長大以後，要『第一個』選哥哥哦！」

「好哇~什麼的『第一』？」

楚殷不答，神秘一笑，把小瀅瀅攬進懷中，往她額上輕吻。

「趕快睡吧！」

五當家楚風，雖說這些年來長進了些，但終歸不擅長這種明爭暗鬥，他的方法十分簡單明瞭，叫來小瀅瀅的貼身侍女之一夏荷。

「夏荷，瀅瀅胸口上的印記可還在？」

「回五爺，還在。」

「好。」

那可是生死契，打上了，就一輩子是他的娘子，哪管變成什麼樣，他都能知道並察覺。楚風淡然悠遠的想，半點不參與這喋血戰。

楚府小當家，原先也該是十分受歡迎的一位，但因為他太過無恥，自稱「表哥」，此話受到楚府男人們的上下夾殺。

某天，小瀅瀅月夜散步，見到「楚侍衛」正把「表哥」五花大綁在樹上。

「楚侍衛，你為什麼要這樣對表哥？」她一臉擔憂，眼兒霧濛濛。

「因為這人謊報身分，後來發現根本不是表親，當家說必須懲罰。」楚軍道，臉不紅氣不喘，又把繩子拉緊些。

畢竟綁的人是楚翊，可不能等閒視之。

楚翊被綁在樹上，頻頻蹙眉吸氣，露出疼痛難當的表情，小瀅瀅離去前三顧五望，對楚翊眼巴巴的可憐表情感到心疼，半夜捧著自己吃剩一半的糕點去看這個「表哥」。

「表哥，雖然只有一點點，你還是吃了吧！不然肚子餓很難受……」

楚翊委屈的看著她。

「手被綁起來了，沒辦法吃。」

小瀅瀅自然也沒有力氣扯開楚軍綁起的繩索，累得直喘氣。

「要不，我餵你吃吧！」

小瀅瀅踮起腳尖，把糕點送到楚翊嘴邊。

楚翊卻不張嘴吃下，而是表情認真的說：「瀅瀅，妳知道這麼晚要餵東西，一定要用嘴餵，這是習俗。」

認真得一派胡謅……

但有人純潔的相信了，把糕點銜在嘴裡，像隻小鳥一樣抬起頭。

小鳥哺食，竊玉偷香，誰說只剩張嘴的男人沒用？

＊　＊　＊

到了咒術即將解除的前幾天，六個男人把小瀅瀅叫去，一字排開，異口同聲問道——

「瀅瀅，我們之中，妳最喜歡誰？」

小瀅瀅偏頭，從頭走到尾，又從尾走回頭，最後燦爛一笑，撲到楚海身上，臉兒埋在他的長鬈髮中蹭啊蹭。

「最喜歡『狗』。」

楚明、楚軍、楚殷、楚翊：「……」

楚風能讀心，早知答案，沒有多少驚訝表情。

楚殷笑容勉強，問：「為什麼最喜歡『狗』？」

「因為狗狗可以讓我騎，還會帶我游泳！跑啊！小海！」

小瀅瀅攀上楚海的背，楚海很配合，立刻蹲下身，咆嗚長叫，兩人歡歡樂樂，一路奔出去。

忽地颳過一陣過堂風，楚風慢吞吞的走掉了，剩下的四個男人驀然覺得有點冷。

楚明深思半晌，慢慢道：「我們都忽略了，瀅瀅現在就是個小孩子，三弟的性子與小孩子最是一路，他們兩人自然容易玩在一起，所以她自然最喜歡三弟。」

四人面面相覷，苦笑。

機關算盡，有時也是枉費心機。

這回的勝負，由楚海勝出！

《惡搞篇・小媽最喜歡的是？》完

《小媽之第八號兒子》全文完

《小媽》系列全套六集：

《卷一・小媽之冠蓋滿京華》
《卷二・小媽之全家大風吹》
《卷三・小媽之娘親來搶親》
《卷四・小媽之雪國歷險記》
《卷五・小媽之娘親變娘子》
《番外・小媽之第八號兒子》

小媽真情推薦，全國各大書店、租書店、網路書店，持續熱賣中！

後記

很高興能在《小媽》番外篇與各位相見。

《小媽》系列五集，夢空都潛水消失在海溝中，這回終於在番外篇浮水。

（謎之聲：那妳之前為什麼都不寫後記？）

老實說是因為……忘記了……

而且還忘得非常規律，一次性忘就忘五本，這回編編終於忍無可忍，來信要求寫後記，還特別叮嚀要寫多多，補足前面五本的量。

編編：《小媽》系列加番外總共六本，以一本五百字後記計算，妳就寫個三千字起跳的後記彌補吧！（推眼鏡）

夢空：（吐血仆街）有人這樣要求後記的嗎？太欺負人了嗚嗚嗚……

大家見到沒有，這就是編輯的高壓！

但這還不算什麼，真正的血淚史在前面。

自從《小媽》系列完結以來，夢空陸陸續續聽到很多讀者要求寫番外或者續集的聲音，編編也要求過，但夢空都雙眼放空，默默的從這些請求下方游走。

因為夢空是個很不會寫番外的人。

夢空在寫作時，喜歡追求圓滿，這個圓滿就是……不管是主角，或是其他人，當夢空認為這個故事已經足夠，人物有了自己的動能可以繼續活下去，就再也不想動筆了。

塑造了這些孩子們，而他們已經能靠自己的力量站起來，再不需要我。而讓這些孩子們繼續往前走的動力，就是讀者們，你們對於這部作品的每一份喜愛、想像、與期待。

沒有寫出來的部分，在每個人心裡都有自己的解讀，用你們各自的思想往前進，這個故事隨著讀者們成長。

因為有這樣想法，所以對夢空來說，番外……超・級・難・寫！

這次受到《小媽》系列前後兩位責編夾殺，費盡口舌，威脅利誘，千辛萬苦，一本小小番外用掉的腦神經大概是《小媽》系列的一半以上（各位就知道寫番外有多折磨夢空），終於迎來《小媽番外》的誕生。

可喜可賀，可喜可……

（編編：幹嘛停格？）

……好像寫完了。

（編編冒青筋：那談談《小媽》的緣起！寫作想法，有什麼新作品！）

其實說起《小媽》的緣起，也許會讓很多喜歡的讀者們吃驚。

《小媽》系列作，不過是夢空某部作品的衍生，如果曾經在鮮●看過夢空專欄的讀者應該知道，夢空其實有另一部穿越長作《龍妃》。瀅瀅，不過是從《龍妃》的女主角晴雨身上，抽取強化了有趣的部分性格，信手拈來的人物。

因為龍妃有陣子太揪心，通常作品第一個虐的人都是作者，夢空又是容易陷入作品情緒難以自拔的人種，為了平衡過多的負面情緒，遂創造了瀅瀅——也就是大家所熟知的小媽。

再加加減減大量（？）乙女遊戲的幻想，成了歡樂的《小媽》系列。基本上，《小媽》中所有虐心催淚的部分與心情，都是從《龍妃》中承襲而來。

即使一開始這麼想，但最後，小媽仍然成長得超乎夢空預期，她變得有自我意識，成了人見人愛的老太太（？），她帶給很多人（包含夢空自己）歡樂，也扶正了夢空失衡的情緒。

同時，她也失控的從夢空預先的四本，爆表成五本，最後還出番外……

到現在，夢空自己有時拿起《小媽》系列來讀，都會一邊笑一邊困惑。

這真的是出自夢空手筆嗎？當初是怎麼寫出來的？

她從另一部作品的附屬走出來，對所有人微笑。

瀅瀅：「老太太我終歸不能當別人的影子，太搶戲，天生主角命。」

咳，她這句話，夢空十分認同。

這次的番外，夢空把太過搶戲的老太太抓下來，換上了我們可愛的史官百季，比起《小媽》系列的外表歡樂骨子虐心，這個番外也許能讓大家看得更輕鬆愉快、無負擔，也能從故事中十分搶戲的楚府一家子，窺見《小媽》完結後瀅瀅與眾夫們的相處。

有讀者想問，為什麼夢空不以小媽為主，延續《小媽》系列？其實大家想看眾夫們和瀅瀅的閨・房・之・樂（？）啊！

嗯，夢空明白大家心中的吼叫與敲碗聲。

但《小媽》系列的大團圓結局如果繼續寫下去，夢空恐怕會往十八禁方向寫去。

（編編：嚴禁床戲，讀者們許多未滿十八！）

所以，各位懂了吧？

咱們就讓小媽永保純潔，至於那些不純潔的內容，大家自制鼻血腦補就好。咦？你們問夢空為什麼摀著鼻子，因為夢空也在腦補啊……

最後，如果對於《小媽》系列有什麼期許，那夢空唯一的希望就是，大家不只是看得很開心、很爽快，然後闔上書就再也不想翻它，而是《小媽》能夠陪伴各位，現在乃至於幾個月、幾年以後，拿起《小媽》來讀，它總能在不同的地方觸動讀者們，夢空的心中也就圓滿了。

談完了《小媽》，便談談夢空的新作吧！

因為夢空之前不寫後記的關係，導致許多讀者們都不清楚夢空的近況，對於夢空新出的作品也不理解。最近，夢空除了這裡提及的《龍妃》以外，尚有一部網遊作品《銀色月物語》正在出版中。

這部網遊作品，背景時空架設在未來，並不是鍵盤網遊，而是虛擬實境。

一言以蔽之，就是……

超級怕麻煩的女主＋超級高調自戀的青梅竹馬＋一臉無辜的神手學弟，三人出入在現實與虛擬遊戲間遇到的一連串事件。

雖是戀愛網遊，但有許多人與人之間的相處、糾結，以及在人生際遇上的選擇。喜歡網遊的讀者，可以下坑來瞧瞧。（PS：這部作品的繪者IKU桑，正和《小媽》是同一位，封面看得夢空的心都融化了，大推薦！）

小媽的原型《龍妃》已經出版，夢空真心的希望各位喜歡《小媽》的讀者，能看一看這部作品。它是夢空第一部長作，穿越型作品，裡面有著淡淡小媽式的歡樂，還有著很多虐心的成分，讀起來也許比小媽有分量很多，夢空真誠的希望讀者們都能從這個故事中得到什麼。

女主晴雨，沒有殺手般的黑暗過去、也沒有一八〇的智商，甚至沒有足以開後宮的美貌。可是她卻像小媽一樣，單純率真，有著顆溫暖的心，讓人喜愛的特質。

我相信，喜歡瀅瀅的讀者們，一定也會喜歡晴雨這孩子。

夢空得強調，這不是後宮文，在這部作品中，可以看見更多的是女主的成長——這是一個女孩學著了解自己，為自己負責，並勇敢起來的過程。

當然，這也是她學習關於「愛」這個習題的過程。

夢空深愛這部作品，也希望大家一同愛上它。

想知道作品所有的最新訊息，請各位上ＦＢ搜尋「夢空」，就可以找到夢空的粉絲團囉！粉絲團上面有作品試閱，夢空與編編們的大小事，還有不定時舉辦的突發性活動。大家走過路過千萬不要錯過，沒事也來手滑抽本新書吧！

最近暑氣炎熱，雖然吃冰很愉快，但大家也要有所節制，吃多了對身體不好。暑假日子長，更應該要多看書！

至於要看的書單……讓夢空幫各位寫好嗎？嘿嘿……

那麼，希望還能在下一本書與大家相見～

敬祝

平安

夢空　二〇一五年七月

兇手就是
空姐楚瀅瀅！
鐵證
「……。」
嫌疑人 小媽
嫌疑人 楚風
此人看起來
仙風道骨，
不可能貪食。
×月×日
值日生
楚瀅瀅
！
因為她的衣服上
有著蛋糕屑！
怎麼看出來的？

他一直看著筆電偷笑，
也許正在研究什麼賺錢計畫，
應該沒有時間去偷吃。
嫌疑人 楚翊
嫌疑人 楚海
一條腸子通到底
的運動員，
沒有那個能力撒謊。
嫌疑人 楚軍
為了膚質優良，
這模特兒一上機
就開始睡覺了。
嫌疑人 楚殷
嫌疑人 楚明
身為機長
不可能離開駕駛艙。

福爾摩傲＆華季的推理時間

番外
小媽之第八號兒子
夢空——著
IKU——繪
小媽之冠蓋滿京華
啥時小媽收了第八個兒子？
還跟兒子一起離家出走？！
《小媽系列》番外特輯!!
收錄百季與上官傲之情史、
楚瑜的告白、蒼狼的溺愛，
以及小媽惡搞篇！
篇篇精采逗趣，絕對不要錯過囉！
正傳 5 集，全國各大書店、租書店、網路書店熱賣中！
典藏閣
華文聯合出版平台
www.book4u.com.tw
采舍國際
www.silkbook.com
不思議工作室_
立即搜尋
版權所有© Copyright 2015

七爺座下02
她的傲嬌相公
焓淇 著
梓攸 繪
七爺座下01 他的帥氣娘子
七爺座下02 她的傲嬌相公
全套2集，全國各大書店、網路書店、租書店，持續熱賣中！
傲嬌相公韓初見×腹黑娘子秦守七
這世代，男人也可很嬌很柔，女人也可很MAN很腹黑……
秦守七笑道 我信任你，有多愛你便有多信你。
韓初見心想 ……肉麻的七郎！太陽從西邊升起了嗎？！Σ(ﾟ△ﾟ|||)
秦守七捏臉 你是無可替代的。
韓初見撲抱 討厭啦七郎～ ≧▽≦
他終於守得花開，抱得美人歸了！
但是……為什麼是他被七郎公主抱？
典藏閣
華文聯合出版平台 www.book4u.com.tw
采舍國際 www.silkbook.com
不思議工作室_ 立即搜尋
版權所有© Copyright 2015

網遊系作者蒼濟★超新星繪師生鮮P、touko聯手打造經典虛擬網遊世界
幻魔降世
Shaswahn Story Online II
重返創世★我們在這裡等你
「我一直都在，在哥哥心裡，在哥哥的回憶裡。」
扉空從崩潰中重新站起，回歸那座美麗的世界，
踏上青玉曾走過的旅程，沒想到看見的竟是……!!!
「哥哥，請你，一定要過得幸福。」
「扉空哥，我不怕被吃豆腐，來抱著我哭吧！」
「科斯特～I ♡ YOU～」
全套七集，全國各大書店、
網路書店、租書店，持續熱賣中！
勇敢迎向未來——
新旅途、新朋友、新世界，遊戲重新啟動！

novel M.貓子
illust 麻先みち
全套六集，全國各大書店、
網路書店、租書店，持續熱賣中！
我家門前有狐仙
家教狐仙扮神探
狐仙愛的京都畫遊
純情女友俏狐仙
狐仙幸福俏狐仙
典藏閣
松雅記事
系列
動物或妖怪報恩的故事，大家都耳熟能詳，
但是……「幫狐仙報恩」是哪招？
當冷面毒舌店長 遇上 天然純(蠢)真小狐仙
人類與狐仙纏綿悱惻的愛戀……
——不、不對！是人類被狐仙拐騙當助手當男傭當飼主啊啊啊！(╬￣皿￣)
典藏閣
華文聯合出版平台
www.book4u.com.tw
采舍國際
www.silkbook.com
不思議工作室_
立即搜尋
版權所有© Copyright 2015

飛小說系列136

小媽系列番外

小媽之第八號兒子

飛小說。We Love Easyfly.

出版者■典藏閣
作　者■夢空　繪　者■IKU
總編輯■歐綾纖　企劃主編■PanPan
製作團隊■不思議工作室

郵撥帳號■50017206 采舍國際有限公司（郵撥購買，請另付一成郵資）
台灣出版中心■新北市中和區中山路2段366巷10號10樓
電　話■(02) 2248-7896　傳　真■(02) 2248-7758
物流中心■新北市中和區中山路2段366巷10號3樓
電　話■(02) 8245-8786　傳　真■(02) 8245-8718
ISBN■978-986-271-618-2
出版日期■2015年8月

全球華文國際市場總代理／采舍國際
地　址■新北市中和區中山路2段366巷10號3樓
電　話■(02) 8245-8786　傳　真■(02) 8245-8718

新絲路網路書店
地　址■新北市中和區中山路2段366巷10號10樓
網　址■www.silkbook.com
電　話■(02) 8245-9896
傳　真■(02) 8245-8819

☞**您在什麼地方購買本書？**☜

1. 便利商店（______市／縣）：□7-11　□全家　□萊爾富　□其他____________

2. 網路書店：□新絲路　□博客來　□金石堂　□其他________

3. 書店（______市／縣）：□金石堂　□蛙蛙書店　□安利美特animate　□其他____

姓名：________地址：______________________________

聯絡電話：________電子郵箱：__________________________

您的性別：□男　□女　　　　您的生日：________年________月________日

（請務必填妥基本資料，以利贈品寄送）

您的職業：□上班族　□學生　□服務業　□軍警公教　□資訊業　□娛樂相關產業
　　　　　□自由業　□其他________

您的學歷：□高中（含高中以下）　□專科、大學　□研究所以上

☞**購買前**☜

您從何處得知本書：□逛書店　　□網路廣告（網站：____________）　□親友介紹
　（可複選）　　　□出版書訊　□銷售人員推薦　□其他____________

本書吸引您的原因：□書名很好　□封面精美　□書腰文字　□封底文字　□欣賞作家
　（可複選）　　　□喜歡畫家　□價格合理　□題材有趣　□廣告印象深刻
　　　　　　　　　□其他____________

☞**購買後**☜

您滿意的部份：□書名　□封面　□故事內容　□版面編排　□價格　□贈品
　（可複選）　□其他

不滿意的部份：□書名　□封面　□故事內容　□版面編排　□價格　□贈品
　（可複選）　□其他

您對本書以及典藏閣的建議__________________________________

✌未來您是否願意收到相關書訊？□是　□否

✎**感謝您寶貴的意見**✎

印刷品

$3.5
請貼
3.5元
郵票
不思議信箱
FUSIGI POST

235 新北市中和區中山路二段366巷10號10樓
華文網出版集團 收
（典藏閣－不思議工作室）

番外
小媽之
第八號兒子